両脚切断

saki

青林堂

はじめに

あなたは「死にたい」と思ったことはありませんか。

２０１９年11月、私は電車に飛び込み、自殺未遂をしました。当時の電車の運転手さん、車掌さん、駅員さん、駅にいた方々、電車が止まって大変な思いをした方々、大変申し訳ございませんでした。

私は２０１９年、高校1年生の時にうつ病を発症して、他にも様々なことが重なり、生きることがとてもつらかったのです。自傷行為もしていましたし、最終的には自殺未遂までしてしまいました。今は、とても反省しています。繰り返しになりますが、本当に申し訳ございませんでした。

自殺未遂をした私を助けてくださった警察官の方々、消防隊員の方々、医療関係者の方々、本当にありがとうございました。今は絶望の気持ちは変わって、気分の波はありますが、「生きていて良かった」と強く思っています。

多くの方々に、ご迷惑をおかけしました。
助けてくださった皆様に心から感謝しています。
ありがとうございました。

自殺未遂をしたという過去を持つ私だからこそ、できることはないのかと長い闘病生活の中で考え続けた結果、私は2021年10月からTwitter（現X）を使って発信を始めました。最初は自殺未遂を公表するか迷いました。正直、見てくださった方々がどのような反応をするか想像ができず、こわいとも思いました。

しかし、やっぱり私には何か使命があるのではないかと思い、自殺未遂という事実は隠さない決断をしました。隠さないことで精神疾患や車椅子生活の現実がより伝わるのではないかとも思いました。私のアカウントは日常の出来事や闘病生活のこと、バリアフリーについてなど、その日によって様々です。つらい時にはつらい、幸せだと思う時には幸せだと、自分の気持ちに素直になってありのままの自分を出しています。すると、私の投稿を見て「がんばろうと思えた」「勇気をもらった」「生きていてくれてありがとう」といったコメントが寄せられるようになりました。そのようなコメントを読んで、逆に私がパワーをいただいています。ありがとうございます。

この本には、私の20年の人生と様々な考え方が書いてあります。私の本を読んで、何か考えるきっかけとなれば、もう少し生きようと思っていただければ、私は嬉しいです。

私が自殺未遂してからの状況

「私なんてこの世界に必要ない」

「生きていてもつらいだけ」

私にそんな思いが強くよぎったのは、自殺未遂をはかった数日前から。その数日間はいつ、どのタイミングで、どうやって死のうか悩んでいた。そして、私が一番簡単に死ねると思った方法は、電車への飛び込みだった。他にも手段はたくさんあったが、毎日通学で使っている電車。私にとっては身近で最も「危険なもの」だった。

２０１９年11月のある日、その日は遅刻して学校へ行った。「今飛び込めば、楽になれるかな」と考えながら。でも、その時点の私には本当に飛び込む勇気はなかった。まだ心のどこかに、自殺するのはこわい、やっぱり生きたいという気持ちがあったのだろう。

学校に着くと、いつものように授業を受けた。なんとかして授業を受けて、留年だけは避けなければならないという気持ちが強かったのだ。しかし、頭の中では「死にたい」という考えがぐるぐるしている。思うように授業に集中できない。少しでも気がそれると、死ぬことばかり考えてしまう。

やっとの思いで午前中の授業を受け終え、昼休みになった。友人関係は上手くいっていたので、何ごともなかったかのように楽しくお弁当を食べたと思う。そんな楽しい時間の後に待っていたのは、先生からの厳しい指導だった。もちろん先生には悪気はなかったはず。でも、私の心には余裕がない状態で、指導を受けた後はまともに授業を受けられなかったと思う。「思う」と表現したのは、あまりにも当時の私の心が痛すぎて記憶が薄いからだ。

放課後になると、すぐに、いつも相談に乗ってくれていた先生のところに向かった。当時の私にとって唯一色々な相談ができる人だった。いつものように、つらい気持ちを伝えたり、世間話をした後に帰ろうとした。いや、家に帰ろうとしたわけではなく、「死ぬために学校を出た」

というのが正しい表現だ。本当は、先生に感謝の気持ちをもっと伝えたかった。別れ際に心の中で先生に最後の言葉を伝えてから学校を出た。

とある駅に着き、気がつくと、私はホームのベンチに座っていた。自殺をすると決めてはいたが、本当に飛び込むのか、もう一度考え直していた。家にいるのも嫌。学校に通うのもつらい。自分には居場所がない。そう思って死ぬことに決めた。もう死に方は飛び込みと決めていたので、次に考えていたのは飛び込むタイミング。確実に死にたかった。なんとしてでも死にたかった。頭の中は死ぬことでいっぱい。周りなんか見ている余裕はなかった。

そして、「今だ」と思ったタイミングで電車に飛び込んだ。気づいた時には体が動いていた。私の記憶では最初に頭と腰、その後に全身が電車にぶつかり、その後、体が電車の下に潜り込み両足をひかれた。電車が止まって我に返ると、脚がなぜだか熱かった。血のにおいがしてきたためあたりを見まわすと、頭からも血が流れていて、暗くて見づらかったがひかれた両脚を見てみるとありえない方向に曲がっていた。でも、その時は痛みを感じなかった。それより私は大変なことをしてしまったという焦りによるパニックで、過呼吸状態になっていた。なんとか自分の気持ちを落ち着かせているうちに、しばらくすると駅員さんが助けに来た。

「ごめんなさい、ごめんなさい」

私は何度も電車の下から大きな声で謝った。たくさんの人たちの貴重な時間を奪ってしまい大変な迷惑をかけたし、私が飛び込む姿を見てショックを受けた人もたくさんいると思ったからだ。これほど大変なことをしてしまったのに、駅員さんは優しく声をかけてくれた。

「今は話さなくて良いから」

「今から助けるからね」

「もう少しだから、がんばろう」

あの時は、そんな言葉が聞こえてきたような気がする。

しばらくすると消防隊が駆け付け、うつ伏せになっていた私を慎重に仰向けにして、皮一枚で繋がっていたであろう両脚をきちんと大切に支えて、ストレッチャーに乗せてくれた。そして、救急車で病院に運ばれたのだ。

病院で応急処置や検査を行われた後、お医者様から説明があった。骨折、手術、脚の切断。どれも初めてのことだったが、もうそんなことはどうでもよかった。定かな記憶ではないが、手術の直前に父親と会った時、

「がんばれよ」

そう声をかけてくれた気がする。今思えば、きっと父親にとって、なんとか絞り出すことができた一言だったに違いない。その時の私は色々な気持ちが込み上げて、うなずくのが精一杯だった。多くの人にたくさんの迷惑をかけて申し訳ない気持ち。死ななかった私とは、いったいなんなのだろうという気持ち。五体満足で大切に育ててくれたのに、自分で命を大切にできなかった悲しみ。そんな気持ちを抱えたまま、私は手術室に入り麻酔で眠らされた。そして、私の両脚は切断された。

麻酔から目を覚ました時は、助かって少しホッとした気持ちと、死ねなくてこれから先どうなるのだろうという不安が押し寄せて、複雑な心境だった。両足がない自分を、事故の衝撃で下半身が動かない自分を、すぐには受け入れることができなかった。それでも死ねなかったのは、神様が私にまだやるべきことがあると、試練を与えたからなのかもしれない。それから私の長い入院生活が始まった。

手術が終わるとＩＣＵのベッドに移されて、すぐに両親との面会があった。泣きながら近づいてくる両親を見てハッとした。

「ごめんなさい」

「ごめんなさい」

お互いに謝った。私は両親からこんなにも大切にされて、愛されていたのだと痛感した。

「生きてて良かった」

そう心から思えた。

目次

第1章

幼少期と小中学生時代

私の幼少期

私は2003年10月、神奈川県西部の小田原市で五体満足の3000gを超える元気な女の子として生まれた。小田原市は海に面しているため、保育園でのお散歩の時は海岸へ行ってよく貝殻拾いをしていた。また、通っていた保育園の園庭が狭く、他のクラス（学年）との兼ね合いで近くの公園に出かけることも多くあった。そこでは遊具で遊んだり、どんぐりを拾ったり、鬼ごっこをしたり、保育園のお部屋の中ではなかなかできない遊びをたくさんさせてもらった。さらに、当時は歩いて行ける距離に消防署があったため、消防車や救急車などを見せてもらった記憶もある。物心がついた時（保育園に通い始めたころ）には両親は離婚していたが、母親と祖父母がたくさんの愛情を注いで育ててくれた。

母親は仕事に家事、育児と忙しそうだったが、それでも私の話を聞いてくれ、休みの日には、よく家族みんなが大好きだった水族館に連れていってくれた。

小学校3年生までは、生まれた地でもある神奈川県西部の小田原市に住んでいた。通っていた小学校ではうさぎを飼っていたり、アクアミュージアムという色々な魚がいるスペースがあったり、生き物とふれあうことが多くあった。ただ「かわいい」だけではなく、お世話をしているところを見ているおかげでどんな生き物でも命はとても大切なものだと学んだ。また、全校生徒が150人程だったため、他学年との関わりも多く、上級生のお兄さん、お姉さんのように優しくてかっこよくなりたいと思っていた。私が小学校3年生の時までは、同じ学区内に祖父母が住んでいたため、小学校が終わると祖父母の家に帰っていた。祖父には夏休みや冬休みに色々な所に連れていってもらい、祖母からは放課後によく手芸を教わった。今でも手芸は趣味のひとつで、かぎ針編みとお裁縫をやっている。自転車を補助輪なしで乗れるようにしてくれたのも祖父母だった。そういえば、私は足が内股過ぎて、自分の足に引っ掛かりよく転んでいたのを覚えている。当時から私は負けず嫌いな性格。三つ上の兄と同じように何でもできると思っていたが、やはり三つも違うとできないこともたくさんある。その度に悔しくて泣いていた。今思えばある意味手のかかる子だったのかもしれない。

再婚と家庭環境

小学校3年生の冬には母親が再婚した。私は「パパ」と呼べる存在ができたことが嬉しかった。母の笑顔が増えたような気がして、さらに嬉しかった。小学校４年生になるタイミングで他の市町村へ転校した。新しい学校での初日は、とても緊張したが、すぐに新しい友だちが何人もできて馴染んでいった。学校から帰ると、よく友だちと公園で遊んでいた。

そのころの一番の変化は、新しい家族として弟が生まれてきてくれたこと。それまでの私は、二人きょうだいの妹だったから、お姉ちゃんになれたことが嬉しかった。ミルクをあげて、オムツを替えて、寝かしつけて、たくさん母親のお手伝いをした。お姉ちゃんとして、できることがあるというのは嬉しく楽しかったが、自分が良い子でいなきゃいけないというプレッシャーがなかったわけではない。何もやらずに遊んでいたら、母親に怒られたこともあった。

小学校４年生の冬、私にとってつらいことがあった。きっと母も育児でいっぱいいっぱいだったのかもしれないが、母親の手伝いをしようとしたら「余計なことはするな」と怒られて、逆に何もしなければ「少しは手伝いくらいしろ」と怒られ、どうしたら良いのかわからなかった。家にいることを苦痛に感じた。

そのような中、たまたま小学校４、５、６年生対象のジャズバンドの募集があると知った。仲良しだった友だちが誘ってくれたのだ。元々中学生になったら吹奏楽部に入部したいと思っていたくらい音楽に興味があったことと、家にいる時間を減らすことができるということで、小学校5年生の時に入団した。入団すると各楽器を試しに演奏してみる時間が何度もあった。サックス（アルト、テナー、バリトン）、トランペット、トロンボーン、ベース、ドラムの中から選ぶことができた。人気なのはサックス。私は第一希望をテナーサックス、第二希望はアルトサックス、第三希望はトロンボーンにした。最終的には先生が決める。そして私が担当する楽器は第三希望のトロンボーンに決まった。トロンボーンにはスライドと呼ばれる、伸ばしたり縮ませたりする部分があり、そのスライドを動かすことで音を変えるため、演奏方法が他の楽器とまったく異なる。最初は第三希望だったから複雑な気持ちだったが、スライドを動かしているうちに楽しく感じた。スライドには七つのポジションが決まっているが、それだけでは出したい音は出ない。まずマウスピースを口に当て、唇を震わせて音を鳴らすのだが、初心者にはそれすらも難しい。金管楽器の演奏者が当たり前にやっている、唇を震わせるということさえ、コツをつかむまでは大変なのだ。これができなければ、マウスピースからはスースーと息が漏れるばかりで、音を鳴らすことはできない。マウスピースを当て、唇を震わせて音を出すことは、私は簡単にできた。しかし、まずはマウスピースを楽器につけずに音を出してみたため、普段聞いている先輩方の音とは全く違った。「これでいいのか？」「この音が正しいのか？」最初はよくわからなかった。ある程度マウスピースで練習した後に、マウスピースを楽器につけて音を出してみる時間がきた。「こんなんで大丈夫なのか？」と少し不安な状態で楽器を構えて音を出してみると、先輩方ほどきれいな音は出なかったが、それなりにトロンボーンらしい音が出た。音楽経験ゼロの私に音が出せるとは、びっくりした。さらにスライドを動かしてみると短くすると音が高くなり、伸ばしてみると音が低くなる。なんだか不思議で面白かった。そして、唇の張りを調節して音の高低を変える。最初は唇の張りを調節して音を変えることが難しかった。特に強く唇を張らなくては出ない高い音はなかなか安定して出せなかった。少しずつ高い音に挑戦するようにして出せるようになっていった。半音階で順番に高い音を出していき、チャレンジすることはトロンボーンを始めた頃から6年生の卒団する頃まで続けていた。おかげで卒団する頃にはかなり高い音まで出すことができた。入団したばかりの最初の頃は楽譜も読めなかったため、楽譜にたくさん書き込んで、少しずつ覚えていった。上手く吹けるようになるまで時間はかかったが、しだいに音楽に夢中になっていった。適度に家の外にいることによってストレスが軽減した。入団したばかりの頃は楽譜の読み方を習ったり、鍵盤ハーモニカで楽譜を読みながら演奏する練習をしたりして、初めての演奏会は鍵盤ハーモニカで演奏した。それから少しずつトロンボーンに挑戦していった。演奏会では「In the mood」や「宝島」「東北民謡メドレー」など他にも様々な曲を演奏した。夏にはジャズバンドの合宿があり、親がいない場所で友だちと過ごす夜が楽しかった。

その冬には、今度は新しい家族として妹が生まれてきてくれた。私は以前よりは頻度は減ったかもしれないが、新しいきょうだいにミルクをあげて、オムツを替えて、寝かしつけした。やらなきゃいけないという気持ちがなかったわけではないが、きょうだいが可愛くて、苦痛はあまり感じなかった。

小学校6年生の夏には、神奈川県西部の南足柄市にある「足柄ふれあいの村」で、二泊三日のジャズバンドの合宿があった。親がいない環境で、好きなトロンボーンに集中できることが嬉しかった。合宿では、合奏をたくさんやって上達を目指すだけではなく、ゲームをしながら各パートごとに足柄ふれあいの村を探検した。その他には、毎年各パートから出し物をする時間がある。この年のトロンボーンパートは風船しりとりゲームを行った。風船を膨らましながらしりとりを行い、風船が割れてしまった方が負けという簡単な遊びだが、先生たちも含めてすごく盛り上がった。

そのころには、ソロパートの担当も決まって、ますます積極的に練習するようになった。家ではジャズバンドの先生からいただいたCDに

コンサートのソロ演奏時の１枚

合わせて吹く練習をして、レッスンノートというものに練習を記録していった。それには何の曲を練習したか、何分練習したか、その他質問や感想などを書いた。練習したらそれだけノートが埋まっていく。それがなんだか嬉しく、やりがいとなっていた。そのノートは先生に提出して先生から一言いただけるので、それもひとつの楽しみだった。

9月には一泊二日で仙台まで演奏に行って、ジャズを思い切り楽しみながら、現地の小学生たちと交流したり、東日本大震災の被災地を実際に見たり、学びのある二日間を過ごした。音楽がさらに好きになった。

毎年3月にはスプリングコンサートという演奏会があった。6年生のこの年は二年間の成果を発揮する年だ。何曲かソロもあり、少し緊張していた。でも、何よりも楽しみたかった。演奏が始まると緊張していたのを忘れるくらい楽しかった。ソロも上手くいき、たくさんの拍手もいただけて嬉しかった。途中、クイズや先生からのお言葉など、盛りだくさんなコンサートだった。先生からのお言葉の時に、お客様や仲間たちの前で、私はあることを褒めていただいた。それはトロンボーンの技術（しゃくり上げやビブラート）についてだった。たった二年間で、まさか自分が大勢の人の前で褒めていただけるほどに上達するとは思っていなかった。だから先生に褒めていただけて嬉しくてたまらなかった。

5年生の時は週二回の練習をほとんど休まず参加し、6年生の時は皆勤賞をいただいた。小学校5、6年生は、ジャズとトロンボーンに夢中な二年間だった。

反抗期

中学に入学した時の家庭環境は私にとって最悪だった。小さなきょうだいたちの前で両親がたまに言い合いをしたり、きょうだいたちが目の前にいるにもかかわらず親から愚痴を聞かされたりした。正直家には帰りたくなかった。きっと、当時の両親は色々忙しく、四人の子育てが大変で周りのことを考える余裕がなく、そこに私の反抗期が重なってしまったのだろう。反抗期ではなくなった今思えば、仕方なかったのかもしれない。

中学校でも音楽を続けたいと思い、吹奏楽部に入部した。担当楽器を決めるオーディションがあり、顧問の先生二人、部長、副部長の前で一人ずつ吹いていった。第一希望をトロンボーン、第二希望をフルート、第三希望をクラリネットにしたが、また第三希望のクラリネットになった。本当は何としてでもトロンボーンをやりたかった。ジャズの先生に褒めていただけたほど、たった一年でそれなりに上達したトロンボーン。もっともっと上手くなりたかった。もっともっと音域を広げて高い音から低い音までかっこよく吹けるようになりたかった。

私が通っていた中学校の吹奏楽部は、朝は7時過ぎから、放課後は季節によって暗くなるギリギリまで練習する。朝練習では外周約3周、そして腹筋背筋をするほどの熱心な部活だった。最初は第三希望で残念だったが、少しずつクラリネットにのめり込んでいった。クラリネットは木管楽器で、リードという薄い木の板を振動させて音を出す。これも、私はなぜだか簡単にできた。木管楽器も金管楽器も音をすぐに出すことが一応できて嬉しかった。ここで「一応」と表現したのは音色やマウスピースのくわえ方など改善点はたくさんあったからだ。クラリネットの見せ所は細かくて速い連符だ。これを完璧に吹くには、ゆっくり丁寧に指使いを確認して、少しずつスピードを速くしていく必要がある。地道な努力が大切で、なかなかできずにくじけそうになることもあったが、できた時の達成感はとんでもなく気持ちよかった。中学校では「sing sing sing」「Deep Purple Medley」「銀河鉄道999」「斐伊川に流るるクシナダ姫の涙」など、様々なジャンルの曲を演奏した。曲によっては歌ったり踊ったり、お客様が楽しめるように工夫をしていた。

1年生の時は基本的に毎日練習に参加していたが、2年生になると家庭環境によるストレスが原因なのか、学校で過呼吸になることが多かった。病院へ救急搬送されることも少なくなかった。そのため、思うように部活に参加できずもどかしかった。かといって、正直家に帰るのも嫌で、わがままかもしれないが、とにかくつらい日々だった。

そんな中、私の心の支えだったのは、ある学校の先生だった。その先生は、つらい時に相談するとお忙しいはずなのに必ず話を最後まで聞いてくれた。聞いてくれるだけでも救われるのに、その先生はそっと寄り添ってくれた。家庭環境だけではなく、部活内の人間関係でも悩んだ時期があった。その時も先生が話を聞いてくれた。私にとって、その先生は、とても大切な存在だった。

命の大切さ

そういえば、私は命の大切さを身に染みて感じた経験がある。

一度目は東日本大震災だ。私は小学校1年生の時に震災を経験した。地震発生時は祖父母の家に祖母と兄と兄の友だちといた。急に今まで体験したことのない大きな揺れを感じたにもかかわらず、学校での避難訓練の成果が出たのか、すぐにテーブルの下に隠れることができた。揺れが落ち着いた後にテレビをつけて、東北地方の映像を見た時の衝撃を、今でも覚えている。まるでCGのような津波の映像が流れていた。あんなに大きな地震が起きた時点で驚いているのに、頭が混乱した。テレビ画面の中で、家も車もみんな流されている。こわかった。この世界ではいつ、何が起こるかわからないと感じた。普段の日常が当たり前ではないこと、日常が何よりも幸せであることを、小さいながらに気づかされた。

二度目は中学生の時だ。かなりのショックを受けた出来事があった。それは父方の祖母と、友だち二人の、合計三人を失ったことだ。あまりのショックに、家でも学校でも、ふとした瞬間に涙が溢れた。

父方の祖母は心臓が悪かった。何回もお見舞いに行った。ある日お見舞いに行った時の祖母の言葉が今でも忘れられない。

「長い人生の中で今が一番幸せ」

気管切開をしてあまり声が出せなくなった祖母が絞り出した言葉だ。体はつらかったはず。だけどお見舞いに何度も行ったのが嬉しかったのだろう。私も祖母に会える日がとても楽しみだった。この言葉を聞いたときはとても嬉しかった。それと同時に弱っていく祖母を見るのがとても苦しかった。でも「私が会いに行くことで少しでも元気になるのなら」そう思って面会に何度も行った。

友だちは小児がんだった。亡くなってから知った。二人のうちひとりは幼馴染だった。その子は私が小田原市に住んでいた時の友だち。風邪もめったに引かず学校を休むこともほとんどない元気な男の子だった。私が他の市町村に引っ越してしまった後にまさか病気になっているとは、想像もできなかった。もっとお話ししたかった。もっと楽しい時間を一緒に過ごしたかった。闘病中、何か心の支えになることはできなかったか。後悔することが多かった。だから、今は後悔しないように「今」という時間を大切に過ごしている。いつ、何が起こるかわからないから。

高校受験

中学3年生になると、高校受験に向けて学校の勉強が難しくなった。どこの高校へ進学するか。私は迷いも少なく看護科のある学校へ行きたいと思った。通学に時間がかかる学校に入学して、家にいる時間を少しでも短くしたい。今までの友だちがいない状況で新しい自分になりたい。そんな思いもあったが、何よりも当時の私は看護師を目指していたからだ。その理由は、看護師は病気だけではなく、その人のこと全てをみることができる、患者様にとって身近で頼れる存在だからだ。当時の私の周りには小児がんになった人が何人もいた。もともと小学校高学年の頃から医療関係の仕事に興味はあったが、中学生になり特に看護師になりたいと強く思った。そしてその夢を追いかけるようになったのは、小児がんの友だちの存在が大きかったように感じる。特に私が目指していたのは、様々な状態の子どもやご家族に対して、健やかに成長・発達していけるように、医療・保健・福祉・教育など様々な専門職と協力して看護を提供する「小児看護専門看護師」。専門看護師になるには看護師の免許が必要なだけではなく、専門的な分野の勉強や、実務経験が何年か必要で、そう簡単にはなることができない。それでも小児看護専門看護師を目指していたのは、やはり周りに小児がんの人がいて、病気を身近に感じていたからだ。ドクターとして病気を治せるようになりたいと思った時期もあったが、私のイメージでは、ドクターは病気を診ることに集中しているので、患者様の気持ちや頑張りまではなかなかみてあげることができない気がした。また、ドクターは診察や回診でしか患者様と関わることができないが、看護師なら勤務中は何度も患者様の病状や気持ちの様子など、色々な意味でみることができる。だから私は看護師を目指していた。

高校の受験日が近づいていた矢先、母親が体調を崩してしまい、家事、育児がまともにできなくなってしまった。日頃の疲れが体に出てしまったのだろう。これは仕方のないこと。母親を責めるつもりは全くなかった。父親は仕事が忙しく、兄は学校に部活にと忙しかったので、結局私が勉強の合間にご飯を作り、下のきょうだい二人をお風呂に入れて、夜中の2時~3時頃まで勉強をする、そんな生活を一ヶ月ほど送った。「なんで大切な時期に、こんなことしなきゃいけないの?」と思うこともたまにあったが、やらなくてはならない状況で、弱音など吐いていられなかった。そうなることで、母親に甘え過ぎていたと痛感したのも事実だ。

受験当日。私が通っていた中学校から、その高校を受験するのは私ひとり。さらに、私は塾には一度も行ったことがなく、勉強は全て自分なりに工夫してやってきただけなので、とても緊張していた。最初の科目は英語。緊張し過ぎて問題が頭に入って来ない。それでも夢に一歩近づくため。そう思って全力で試験問題を解いた。

面接は志望理由だけではなく自分の長所、またそれを看護師になったらどのように活かしたいかなどを聞かれた。途中、上手く言葉にできない部分もあったが、私の熱意は伝えられたのではないかと思った。筆記試験は自信なかったが、面接試験は自信があった。

そして合格発表日。高校に行って順番に合否が書かれた紙が入った封筒を渡される。封筒を開けるのがこわかった。試験後に自己採点をしたが筆記試験は思っていたよりはるかに点数が悪く、合格の自信がなかったからだ。私より早く封筒を受け取り、合否を確認した方々は、合格したのかガッツポーズをする方、嬉しくて泣いているのか悲しくて泣いているのかわからないが涙を流す方もいた。私も順番が来て封筒を渡され恐る恐る見てみると、紙には「合格」の文字が。ホッとして涙が溢れた。やっと憧れだった高校へ進学できる。看護の勉強ができる。4月からの学校生活がとても楽しみになった。合格したことを家族、友人、学校の先生に伝えると、みんな喜んでくれた。つらいこと、大変なこともあったけど、ここまで頑張ってきて良かった、たくさん努力してきて良かった、そう思えた。

受験が終わると卒業式の練習が始まった。当日は卒業証書授与だけではなく、卒業生だけで合唱したり、全校生徒で合唱したりした。また、その頃ミニコンサートの練習も始まった。ミニコンサートとは卒業式の何日か後に行われる吹奏楽部内での卒業コンサートのようなものである。卒業生からすれば、三年間の集大成を見せる機会だ。3年生だけで演奏したり、全体合奏をしたりと、とても楽しかった。ミニコンサートが終わると学校でお別れ会のようなことをした。みんなでピザなど食べたり、プレゼントを渡し合ったり、先生からのお言葉をいただいたり、とても充実した時間だった。人間関係などでつらかったことも大切な経

小学校卒業時の１枚

験だったと思えた。つらくても諦めないで良かった。そう思えた。

ヘアドネーション

私は中学校卒業後、伸ばしていた髪の毛を40センチメートルほどカットし寄付した。これは「ヘアドネーション」という活動で、病気や不慮の事故などで髪の毛を失った子どもたちに人毛で作ったウィッグ（かつら）を、無償で提供するというものだ。

私は、中学校2年生の時に友だちを亡くしてから、何か人のためにできることはないかと考えた。献血、骨髄バンクへの登録は、年齢制限の関係でできなかった。「まだ中学生の私には何もできないのか？」「私

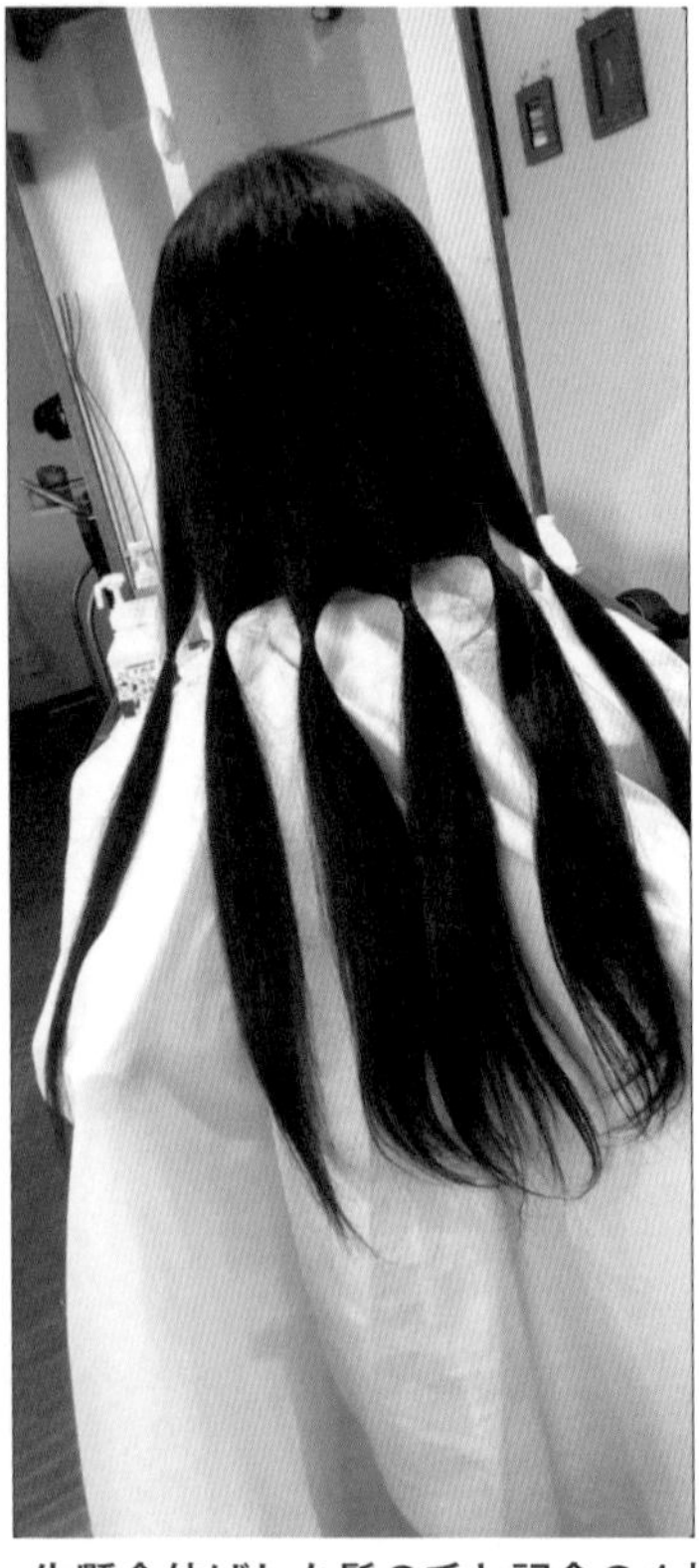

一生懸命伸ばした髪の毛と記念の１枚

は無力なのか?」そう思っていた最中、ヘアドネーションという活動をネットで見つけた。「今の私にできることはこれしかない」そう思って髪の毛を伸ばし続けた。伸ばすことによって誰かのためになると思うと、とても嬉しく、苦痛を感じたことは全くなかった。

そして、中学校卒業後に美容院へ行って、髪の毛をいくつかに分けて束ねてもらい、一気にカットしてもらった。なんだかすごく気持ち良かった。誰かのためにできることがあるのが嬉しかった。これが私の自信につながった。

第2章

高校入学と自殺未遂

憧れの高校生活

中学校の思い出に浸っている時間は短く、あっという間に高校の入学式がやってきた。準備万端と思っていたら、なんと電車が止まっていた。家から高校までは片道2時間近くかかるのだが、これでは間に合わないではないか。仕方なく電車が動き出すまで駅で待ち、入学初日から遅刻した。今となっては笑い話に過ぎないが。

入学後は朝5時起きで6時20分頃発の電車に乗って学校へ行き、帰りは基本18時以降。それから宿題をやって、ご飯を食べて……、という生活で目が回るような毎日だった。言葉にすると大変そうに感じるかもしれないが、憧れの学校へ通うことができて、当時の私は嬉しかった。

入学式の翌日からふつうに学校へ通い出すと、思っていたより早く友だちができた。みんな話しやすくて、同じ職種を目指していると思うと、なんだか心強かった。楽しみにしていた看護の授業は、本当に楽しかった。

「看護とは何か？」ということをグループで話し合うことから始まり、看護の基本を学び、次第に患者役と看護師役で着替えや洗髪、全身清拭などの実技を行ったり、実際に病院へ行って見学実習を行ったり、毎日がとても充実していた。患者役と看護師役で行う実習は、プリントを配られて先生のお手本を見て、すぐに実践という感じで、最初は頭が追い付かず大変だった。また、全身清拭は少し恥ずかしいと思ったが、これも一つの勉強。患者様が恥ずかしいと感じるなら、丁寧にやりながらも早く行い、なるべくタオルなどで隠して行うといった工夫が必要だと感じた。その他にも患者役をやることで気づかされることが多く、とても有意義な時間だった。見学実習では病院にはどんな部屋があるのか構造を学んだり、患者様とお話させていただいたり、学校では学べないことを知る貴重な機会だった。実際に患者様とお話する時は見学している時以上に緊張したが、患者様がとても優しく、おしゃべり上手で私の方がパワーをいただいた。

見学中はたくさんメモをして、見学後は学んだことを何枚ものレポート用紙にまとめた。レポートは手書きで丁寧な字で書かなければいけなかった。これも少し大変だったが、大切なことだ。振り返ることでぐちゃぐちゃな頭の中を整理することができ、もう一度書いて頭の中に入れることで学んだことをきちんと覚えることができる。ひとつひとつき

中学校の制服を着た時の１枚

ちんと意味があると思って、授業を受けていた。

普通科の授業に加えて看護の授業も習っていたため、授業のスピードが少し早く、ついていくのに必死だった。

うつ病

そんな私の心と体のバランスが崩れ始めたのは、高校へ入学して一ヶ月ほど経過した時だった。なんとなく朝起きることがつらくなり、何に対してもやる気が起きないことが私のうつ病の始まりだった。最初は「入学してからちょっと頑張り過ぎたのかな」「疲れがたまってしまったのかな」と軽い考えでいたが、最終的にはリストカットという自傷行為を始めた。仲が良かった友だちとひとりの先生には、毎日がつらいと相談していた。

中学2年生の時から定期的に精神科に通っていたこと、昔から看護師を目指していたことから、うつ病の存在を知っていたので、自分が明らかにうつ状態だと少し症状が続いてから気がついた。精神科に行くと、やはりうつ病と診断され、すぐに内服薬による治療が始まった。特にうつ病という診断に対してショックは受けず、逆に薬で良くなるかもしれないという期待の方が大きかった。学校にうつ病だということを伝えて、まずは休むことが大切だと思い、夏休み前の約一ヶ月は学校を休んだ。

当時はまだ思春期のうつ病は少なかったのだろうか。大学病院に通院していたため、うつ病の内服薬の治験に参加した。治験とは薬を健康な人や患者様に使っていただき、効果や副作用の確認を行う臨床試験のことだ。リスクもあるかもしれないが、将来の患者様のためになるかもしれないと思うと、少し嬉しかった。

学校を休み始めた時は勉強のことや将来のことなど何も考えられず、ただただ一日一日を生きることに精一杯だった。一日のほとんどをベッドの上でぼーっとしているだけ。頭の中はいつも「リストカットしたいな」「もうどうにでもなってしまえ」「ここまでつらいのなら死んでしまいたい」などマイナス思考でぐるぐる。そんな日々が過ぎて、内服薬の効果で眠ることができたからか、少しずつベッドから出ることができるようになってきた。そうすると今度は学校のことが気になり始める。

「単位を落としてないかな?」「留年になっちゃうのかな?」今思えばこの時に留年してでもゆっくり休んで、もう少し回復してから通学を再開したら良かった。でも当時の私には余裕がなく、夏休み明けから通学を再開した。久しぶりに登校すると、友だちはみんなあたたかく迎えてくれた。私を待っていてくれたのが嬉しかった。しかし、高校の先生たちは違った。

留年という恐怖

「あと○回休んだら、単位落として留年するからね」

そのようなことを何度も言われた。だから余計に留年してはいけないのだと思ってしまった。もちろん、先生たちには悪気はなく、私のことを考えて言ってくださったのかもしれないが、単位を落としてはいけない、留年は良くないことだと思い込んで、結果的に自分を追い込むことになった。

それからは休まないように、単位を落とさないように必死だった。必死過ぎて心に余裕がなかった。何をしても楽しくない。心から笑えない。そんな明らかな異変にすらもう気づけなかった。唯一心の救いだったのは、あるひとりの先生の存在だった。その先生には、毎日放課後になると話を聞いてもらっていた。その先生は、どんなに忙しくても私を突き放すようなことは一切せず、時間が許す限り一緒にいてくれた。何度その先生に救われたことか。

私は10月が誕生日なのだが、その年の誕生日は祖父母にも祝ってもらった。一緒にケーキを食べた。それ以外のことはあまり覚えていない。とりあえず暗い顔をして祖父母に心配をかけないように必死だった。脚のある状態で会えるのがこれで最後になるとは思ってもいなかった。

しかし、確実に私の心の限界は迫っていた。11月に入ると、私はどうやって死のうか毎日考えるようになった。そしてある日、看護の先生に週末に行われる見学実習を休めないかと相談をしてみた。よくわからないけど、とにかくつらかったからだ。このまま行ってもきっと心が、体が重くて何もできない。それだけはなんとなく感じていた。すると、そ

の先生は、

「ちゃんと学校に来ないと単位取れないよ。留年するよ。今週末の実習には絶対来なさい」

というようなことを言った。また留年の話だった。そんなに留年がいけないことなのか、私にはよくわからなかったが、ほとんどの先生が言ってくるから留年はダメなものなのだと思った。でも、もう限界だった。もう何もかも無理だった。家庭環境も最悪だし、学校へ行けば留年するかしないかギリギリの戦い。

「もういい。死んでやる」

そんな思いで学校を出た。いつも相談を聞いてくれていた先生とは最後のお別れになる。大好きなきょうだいたちともお別れ。きょうだいたちには少しだけお菓子を買った。「今までありがとう」の思いを込めて。正直悲しかったが、それ以上に生きていく方がつらかった。それに私が死んでも誰も悲しまないと思っていた。

どん底からの「生きていて良かった」

学校の帰り道。私は駅のホームのベンチに座り、「飛び込むタイミング」を見計らっていた。どのタイミングがベストなのか、確実に死にたかったからだ。このタイミングだ。そう思った次の瞬間、ホームから走って電車に飛び込んだ。もうこわくなかった。死にたい気持ちがあまりにも強かったのだろう。

しかし、私は意識が飛ぶこともほとんどなく、助かった。助かった時は複雑な気持ちだった。少しホッとした自分と、これからどうなるのかわからない不安があった。なぜ私は助かってしまったのか悶々と考えていた。今考えると、神様が助けてくれたのかもしれない。でも、手術後に両親に会うまでは「死」のことばかり考えていた。両足がない自分を、なぜだかわからないが下半身が動かない自分を受け入れることができなかった。つらいだけなら、苦しいだけなら、もう全て終わりにしたかった。両脚を失い、下半身は動かない。このままだと今までよりもっとつらく、苦しい未来が待っているのではないか。つらいのは、苦しいのは、もう十分だ。

そう、マイナスな感情がぐるぐるしていた。それなのに、両親に会うと「生きていて良かった」と強く思えた。あれだけ家庭環境が嫌で家にいることが苦痛だったのに。家族がこんなに大切な存在だとは思わなかった。こんなに大切なことに気づけなかった自分が情けなかった。家族が大切だということは、自殺未遂をして気づかされたことの一つであり、それからは家族との時間を大切にしている。

事故から数日経つと祖父母が面会に来てくれた。生きて会えることができて、すごく嬉しかった。でも、普段悲しい顔を見せない祖父が泣きそうになっている姿を見て、申し訳なく思った。この時も「ごめんなさい」と言った。祖母は泣きながら

「もうごめんなさいって謝るのは最後ね」

と言った。きっと祖母の心の中の「自殺を図って両脚を失ったことはもうどうにもできず仕方ないことだから、これからは前を向いてほしい」という思いが言葉に出たのだろう。この言葉を聞いて改めて「これからは少しずつで良いから前に進んでいこう」と思った。そう思えたことでリハビリに全力で取り組むことができた。

ここで、皆さんに覚えておいていただきたいことがある。それは、自殺未遂はやりたくてやったわけではなく、消去法で死ぬしかないと思ってやったことであり、そう思わせたのは病気が原因なのだということだ。本当は生きたかった。もっともっと趣味に没頭したり、お出かけしたり、勉強したり、楽しい時間を過ごしたかった。たくさん勉強して立派な看護師になりたかった。きょうだいたちの成長を見届けたかった。他にもやりたいことが山ほどあった。それなのに、うつ病という病気が死を選んだ。本当は悔しい。うつ病のせいで全てがぐちゃぐちゃになってしまった。人生が狂ったのだ。

第3章

長かった入院生活

自分の脚

自殺未遂をしてから数日が経過した気がする。その頃から病院の先生からの処置が始まった。処置を受ける度に変わり果てた自分の脚を見る。短かった。自分の力で動かせない脚は重たかった。でも私の場合、病気のせいだが結果的に自分でやったことなので、「これが私の脚かぁ」くらいにしか思わなかった。最初は悲しみを覚えるほど心に余裕がなかったのかもしれない。日にちが少し経つと悲しみが出てきたが、やっぱり自分でやってしまったことであり、もう脚は生えてこない。後ろを向いていても仕方ない。とにかく早く傷が治って、リハビリで動けるようになって、家族を安心させたかった。今の自分に何ができるのか冷静に考えて、リハビリの時間外にもベッドの上で、安全にひとりでできる

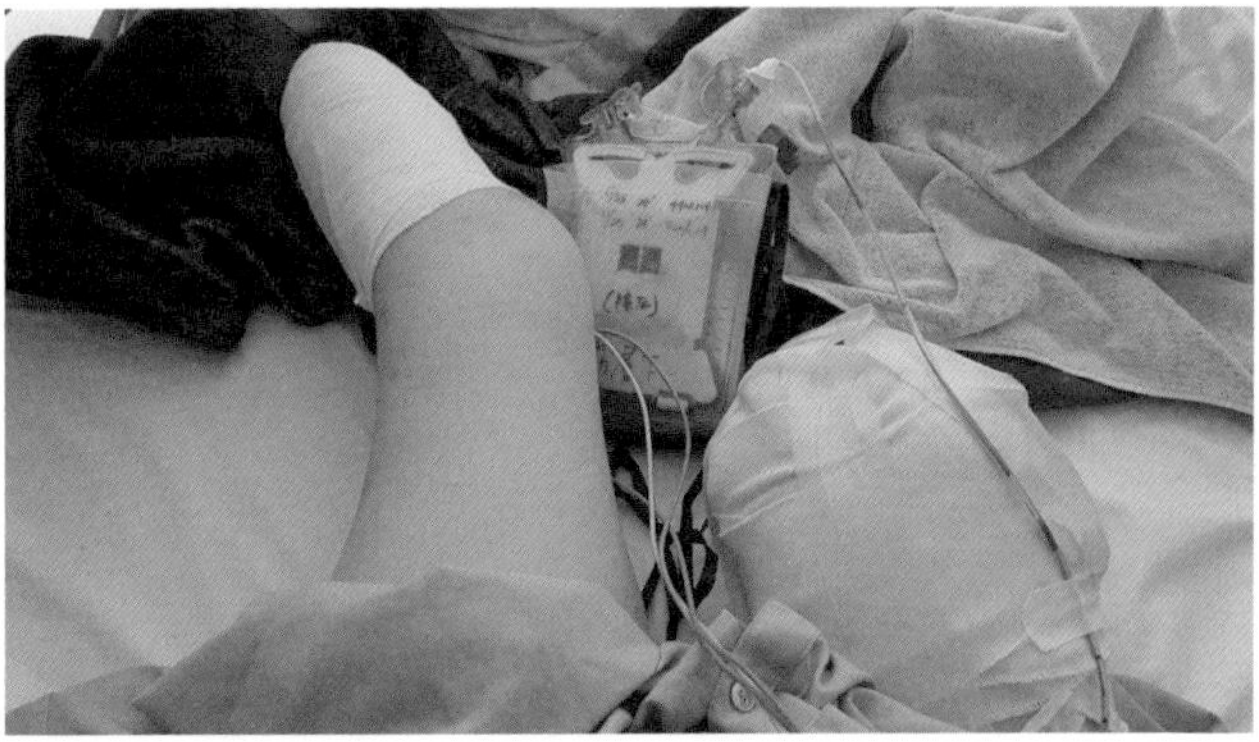

右脚を再切断して１～２日後の１枚。脚には管が入っていて、動くのもひと苦労だった。

運動をするようにした。

「障がいがある」と聞くと、皆さんはどう思うだろう。私は「かわいそう」と言われることが少なくない。でも、本当にかわいそうなことなのだろうか。私が思うには、障がいとは、一つの特徴に過ぎないということ。もちろん障がいがあることによって悩むことも多い。でも人間誰しもが大なり小なり悩みを抱えている。私の場合、悩みの内容が脚の障がいというだけだ。障がいがあっても幸せで充実した生活が送れるが、大変なことが多いのも現実。でも、人々が支え合うことができれば、その大変なことが減るのも事実。支え合いが溢れる世の中にしていきたい。

リハビリ

自殺未遂から一週間後に車椅子に座る練習を始めた。当初は下半身が全く動かなかったので、自分の腕の力だけで移乗していた。そんな動きはしたことがなかったので、体をどのように使ったらいいのかよくわからず、正直大変だった。

最初は座るのは1時間が限界だったのに、数日後には8時間近く座り続けることができるようになった。

これは私が頑張ったからだけではなく、リハビリの理学療法士さんと家族の支えがあったから。これだけ良いスタートだったから、今の私があるのかもしれない。感謝してもしきれないくらいだ。

その他のリハビリのメニューは、筋力トレーニングと腕の支えなしで座る練習だった。私は自殺未遂をしてからしばらくは、全く脚が動かなかった。MRI検査を何度も行ったが、当時は神経に問題なし。数年後にもう一度撮ったらやっと原因がわかった。

それは私の場合自殺未遂での衝撃がきっかけで髄液の循環が障害される「癒着性くも膜炎」が原因だった。これは痛みや異常感覚、感覚障害が起きる疾患だ。まさに自分の症状と重なっていた。でも当時は原因不明。自分の力で動かせないのに問題なしという意味がよくわからなかったが、問題ないなら治るかもしれないと思い、毎日リハビリの時間外にも一生懸命動かそうと、脚に力を入れる練習をしてみた。

さらに、当初は背もたれがないと腕の支えなしでは座ることが難しかった。それは下半身に麻痺があり、バランスを取ることができないか

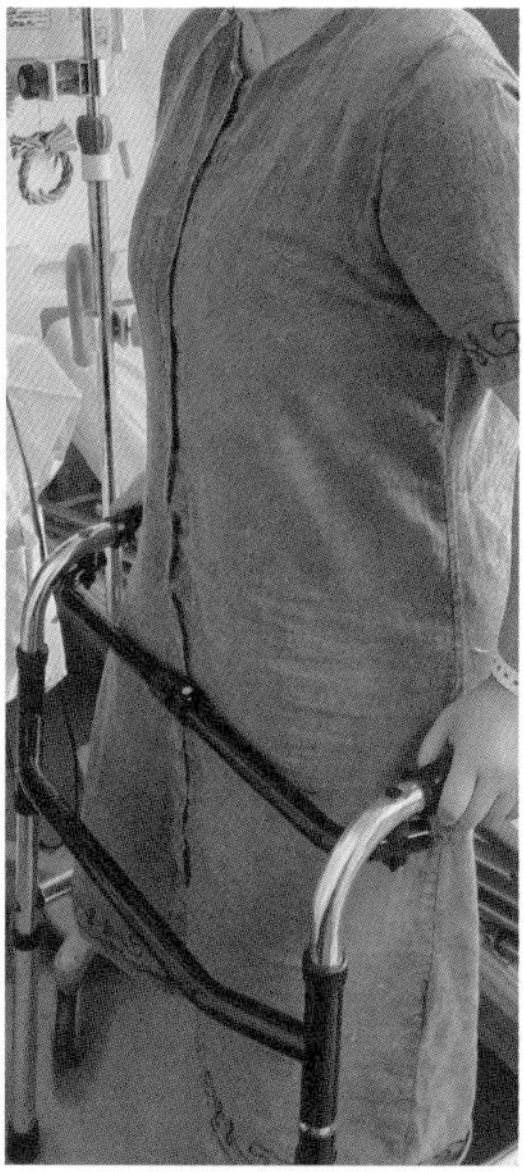

リハビリで立位をとった時の１枚。全く動かなかった脚だが、今ではだいぶ自分の力で動くようになった。

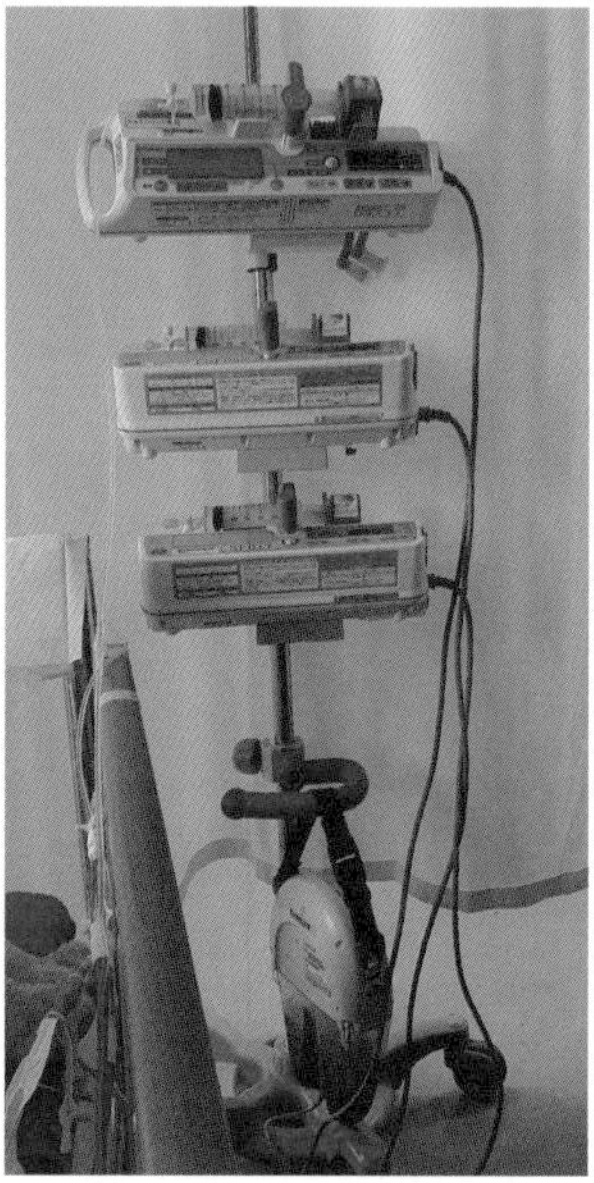

なかなか治らない右足に何本も管をつなげて治療していた頃の“お友だち”。
この治療のおかげもあって治すことができた。

らだ。作業療法士さんと練習中、一度だけベッドから落ちそうになったことがある。泣きそうなくらいこわかった。

「これが現実か……」とかなりのショックを受けた。それでもリハビリに積極的に取り組んだ。自殺未遂をしてできないことばかりになった分、できることが増えていくのが嬉しかったし、何より家族に安心してほしかったからだ。

自殺未遂から二週間後に二回目の手術を受けた。右足には傷を治すための機械を付けられて、左足はまた切断された。お医者様は少しでも私の脚を長い状態で残そうとしてくれたのだが、やはり壊死してきてしまったからだ。だが、お医者様が一生懸命私の命を救おうとした結果だから仕方のないことだし、何よりも私を助けてくれたことがありがたかった。そして、私は2回目の手術を無事終えることができた。

痛み

体の一部を切断した後、ないはずの部分があるように感じることを幻肢、ない部分が痛むことを幻肢痛と言う。私は手術の直後、自分の脚が切断されたことが本当なのかわからなかった。幻肢があったからだ。事故の次の日の朝に、運ばれて来てすぐに対応してくださった整形外科の先生から切断を伝えられて、やっと実感が湧いてきた。手術前に右脚は切断、左脚はもしかしたら残せるかもと言われていたのにもかかわらず、自分で脚を見るまでは両脚ともあると思い込んでいた。

次の問題は幻肢痛。切断してから何年も経った今でも、相当何か楽しいことに集中してない限り、痛みがゼロになることはなく、常にビリビリしている。幻肢痛がひどい時は泣き叫ばないと耐えられないほど痛い。私の場合は熱が出る時や低気圧が近づいている時に痛みが強くなる気がする。痛みは相手に伝えることが難しい。よく10段階でいくつぐらいと表現するが、それだって、きっと人によって感じ方に差があると思う。普段から定時に痛み止めをたくさん飲んでいても痛い時は痛い。本当は薬には副作用があるから飲みたくないが、飲まなければ痛くなることが目に見えているから飲んでいる。よく「痛みのない世界に行きたい」と思うことがあるほど、今でも幻肢痛には悩まされている。

再会と告白

自殺未遂から約一ヶ月後、一般病棟へ移動すると、自殺未遂後初めて下のきょうだいたちに会うことができた。点滴をぶら下げ、車椅子に座り、タオルケットをしっかりかけて脚があるかのようにして、まだ脚を切断したことは隠していたのだが、私は約一ヶ月ぶりに会えたことが嬉しくて泣いてしまった。きょうだいたちは点滴をぶら下げ、車椅子に座る私に一瞬驚いていたが、すぐに今までのように家での出来事や保育園での出来事など、色々なお話をしてくれた。久しぶりに会うことができたこと、でも毎日は会えないから、その日は私と下のきょうだいたち二人の合計三人で写真を撮った。それからは、きょうだいたちと毎週末面会する度に写真を撮るのが習慣となった。その写真は私のエネルギーとなり、入院生活を頑張る力となった。

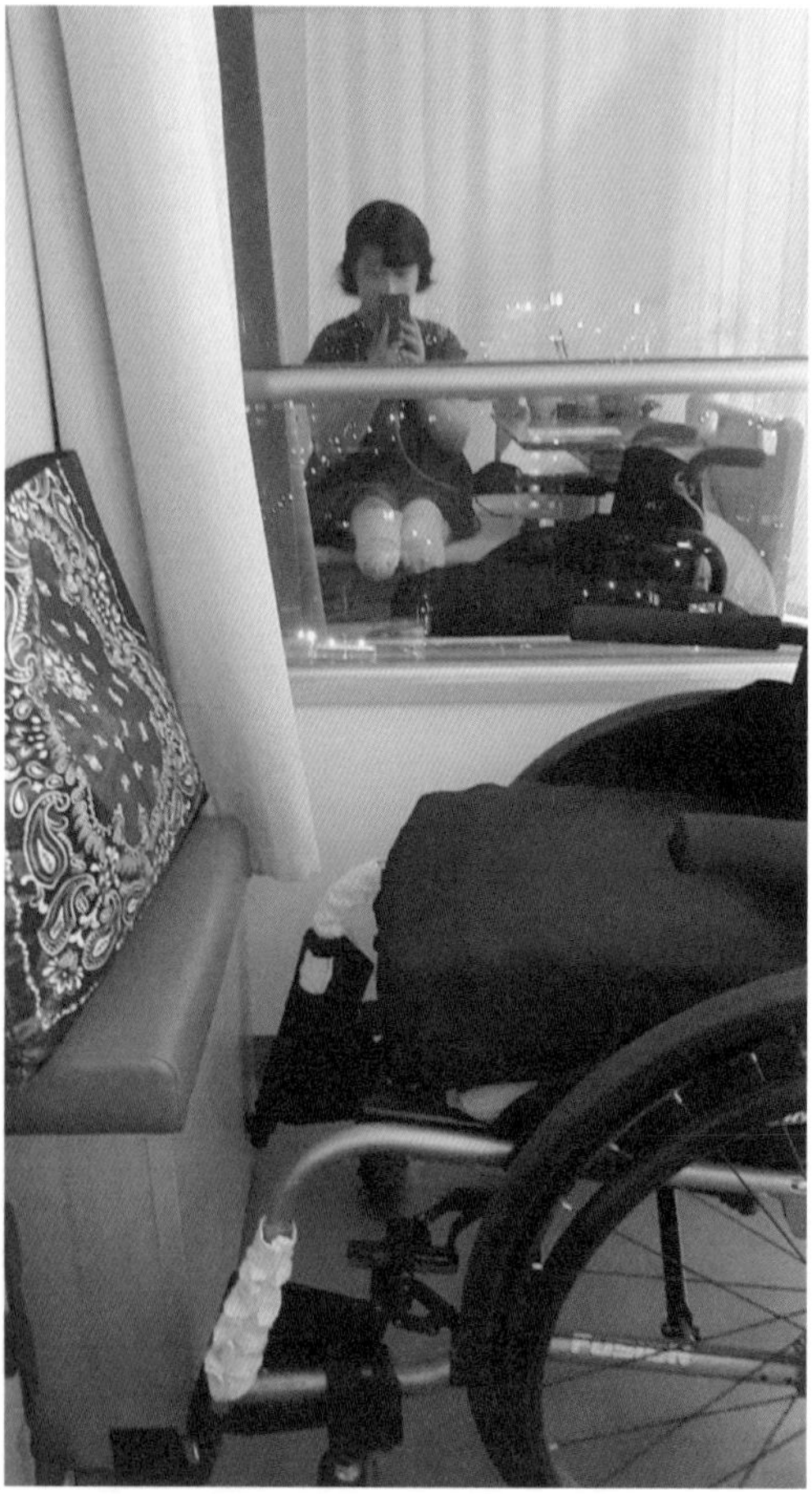

右脚の再切断前に撮った１枚

2020年2月、私は下のきょうだいたちに両脚の切断のことを伝えようと思った。少しずつ、きょうだいたちが私の脚がどうなっているのか気にし始めたからだ。隠していることが私自身もつらかったが、足がないことを伝えるのもつらかった。いつかは伝えなくてはいけない。そう思い、タイミングを考えていた。4月は新年度が始まり、きょうだいたちにもストレスがかかると思ったので、特にイベントがない2月に決めた。タイミングの次に悩んだのは伝え方。事実を当時未就学児だったきょうだいたちにもわかりやすく、でもショックが大きくならないようにするにはどうしたら良いのか。看護師さんにも相談した上で、私なりの言葉で伝えた。伝える時はゆっくり二人の目を見て話して、人形を使って「もし、このお人形の脚がなかったらどう思う?」と切り出し、一方的に話すのではなく会話をするようにして伝えた。

私が脚を失ったことを知り、きょうだいたちは泣いた。でも泣いてスッキリした後に「足がなくてもｓａｋｉはｓａｋｉじゃん」と言ってくれた。そして三人でギューっと抱き合った。ホッとしたのと同時にとても嬉しかった。子どもは障がいなどの他人との違いだけではなく、性格や良い所も含めてその人の全てを見てくれる。さらに「ふつう」ではなくても、からかうようなことはなく、逆に興味を持ってくれると感じた。

先ほど「ふつう」と表現したが、皆さんの「ふつう」とはなんだろうか。先ほどの「ふつう」とは健常者のことを表す。私は「ふつう」という表現、「健常者」と「障がい者」という表現、考え方はあまり好きではない。健常者と障がい者というように人を区別してしまうと、多くの人は障がい者と聞くとなんだか少し身構えてしまい、対等な接し方ができなくなる気がする。たとえ、障がいがあってもなくても配慮しなければならないことは人それぞれにあり、その人に合った接し方をするという点ではみんな同じだ。だから、健常者と障がい者の接し方を変えなくても良いのではないかと思っている。

面会禁止

しかし、そんなきょうだいたちとの会話は、脚を切断したことを告白してから一週間後の面会が最後になった。新型コロナウイルスの影響で、3月から小学生以下との面会が禁止になったからだ。切断を伝えた

両脚がないことを伝えた後の１枚

後の面会の時に「新型コロナウイルスの影響で子どもの面会が禁止になっちゃったんだ。だからしばらく会えなくなるからね。」と伝えると、弟は悲しそうにしながらもその気持ちをこらえている様子で、妹は悲しみのあまり泣きそうになっていた。悲しそうにしてくれて少しホッとした自分がいたが、寂しい思いをさせてしまっていることに申し訳なくも思った。私もきょうだいたちも、ただただショックだった。そんな時、私はきょうだいたちの写真を見て元気をもらった。面会禁止になってからは、ビデオ通話をしたり、お手紙を交換したりした。そのお手紙は今でも大切に残っている。当時のふたりにしか書けない、私にとってかけがえのない宝物だからだ。

4月には親でさえも面会禁止となった。これは私にとってかなりのストレスになった。親とのコミュニケーションが減ったことで、考え方が上手く合わず少しぶつかることもあった。そんな時は看護師さんに相談したり、親に直接電話してお互いに納得のいくように話しをして乗り越えた。面会禁止になったことで良かったこともある。それは同室の子どもたちと仲良くなったことだ。

私が入院していた病棟は小児科もある混合病棟だった。そのため同室だったのは、みんな小学生。親に会えない寂しさから泣いてしまう子もいた。逆に、自分の気持ちを押し殺して殻にこもってしまう子もいた。「その子たちの気が紛れてくれたら。」そう思い、毎日、起床してから消灯時間まで一緒に遊んでいた。おままごとをしたり、ゲームをしたり、病棟内をお散歩したり、一緒にご飯を食べたり。常にカーテンは開けてひとつの同じ空間で過ごしていた。子どもたちのためにと思っていたが、気が紛れていたのは私の方だったのかもしれない。そう思えるほど、つらいはずの入院生活が、今思えばなんだかんだ楽しい毎日だった。

学校の先生との涙の再会

新年度が始まる前に、高校の休学延長手続きをするために病院から外出許可をもらい、久しぶりに制服を着て高校へ向かった。学校の先生に会うのは少し緊張したが、特に何もなかったかのように接していただけて今まで通り話すことができた。そしていつも世間話や悩みを聞いてくださっていた先生とも再会することができた。そこでは今までの感謝の気持ち、一生懸命私のことを支えてくださっていたのに自殺未遂して申し訳ない気持ち、先生がいけないわけではなくて逆にいつも支えられていたことなど、短い時間だったがたくさん気持ちを伝えた。ずっと伝えられなかったことを伝えられて、嬉しかった。

YouTubeの存在

私は両脚の切断と下半身の不全麻痺という障がいを負ったが、義足や車椅子生活などについて特別な知識もなかったので、入院中はスマホで色々検索して、情報収集していた。義足や車椅子、その他の日常のことについてYouTubeから情報を得ていた。どのように体を使って車椅子からベッドや車などに移乗しているか、義足がどのような構造をしているかを私は知りたかったので、それには動画がわかりやすかった。そこで見つけたYouTuberさんたちは、みんな明るく、笑顔が素敵だった。私もYouTuberさんたちのように笑顔あふれる毎日を送りたい。明るくて楽しい時間を過ごしたい。そう思うことができた。生活動作などの知識を知ることも大切ではあったが、何よりもどのように工夫して生活を楽しんでいるかを知ることの方が大切なことだったように思う。そのおかげで、障がいを負っても楽しい毎日を送ることができるかもしれないと思うことができた。自殺未遂をして障がいが残ったと知ったばかりの頃は、将来・未来なんて考えられず「この先楽しいことなんてない」「今まで以上に生きていてもつらいだけなのではないか」と思っていた。でも、YouTuberさんたちは障がいがあってもそんなことあまり気にせず、工夫をして楽しみを見つけていた。楽しそうなYouTubeを見て「早く退院して色々な所に行ってみたい」「私も彩りのある毎日を送りたい」と思った。また、YouTubeからの学びとして、何かができなくても「どうしたらできるようになるのか」と考えるようになった。これは「できないからそこで終了」「できないから仕方なく諦める」のではなく「自分に合った工夫をしたらできるようになるのではないか」という考えだ。この考え方は今でも大切にしている。

外出、外泊

6月に入ると主治医から外出許可をもらい、母方の祖父母の家へ行くことができるようになった。実家に帰ることができなかったのは家が古く祖父母の家よりバリアフリーではなかったからだ。面会禁止の中、外に出て何も気にせず家族との時間を過ごせることが何よりも幸せだった。やはり、小学校3年生まで、よく過ごしていた祖父母の家は居心地が良い。リラックスできる。でも楽しい時間はあっという間に過ぎてゆき、いつの間にか夕方になり病院に戻る時間が迫ってくる。本当はこのまま退院したいと思うほど、外出が楽しかった。

そんな最高な一日が終わると次は5回目の手術の日が近づいていた。この手術は右脚の傷を治す植皮手術だったと思う。何回手術したら治るのだろう。痛いこと、つらいことはもう嫌だな。この手術が最後にならないかな……。そう思いながら手術を受けた。その願いが通じたのか手術から一ヶ月ほどするとまた外出できた。思っていたより早く外出できて嬉しかった。

8月、9月はついに外泊の許可が出た。一度実家に帰ってみて、日常生活を送るには何が必要なのか実際に動作を行ってみて最終確認をしたり、きょうだいたちと思い切り遊んだりした。一泊だけだったが、それでも私は良かった。とにかく家族と過ごす時間が幸せだった。

義足と退院

9月は左足の義足が作られ始めた月でもある。当時の私は「ふつう」になりたかったのかもしれない。立って、歩きたかった。でも現実は違った。麻痺がまだ少しだけ残っているので、義足を思うように扱えないのだ。思っていたのと違う。あれだけリハビリで筋力トレーニングしていたのだから、立つことくらいはできるのではないかと甘く考えていた。でも考え方を変えれば、立とうとする段階まで来ることができたと

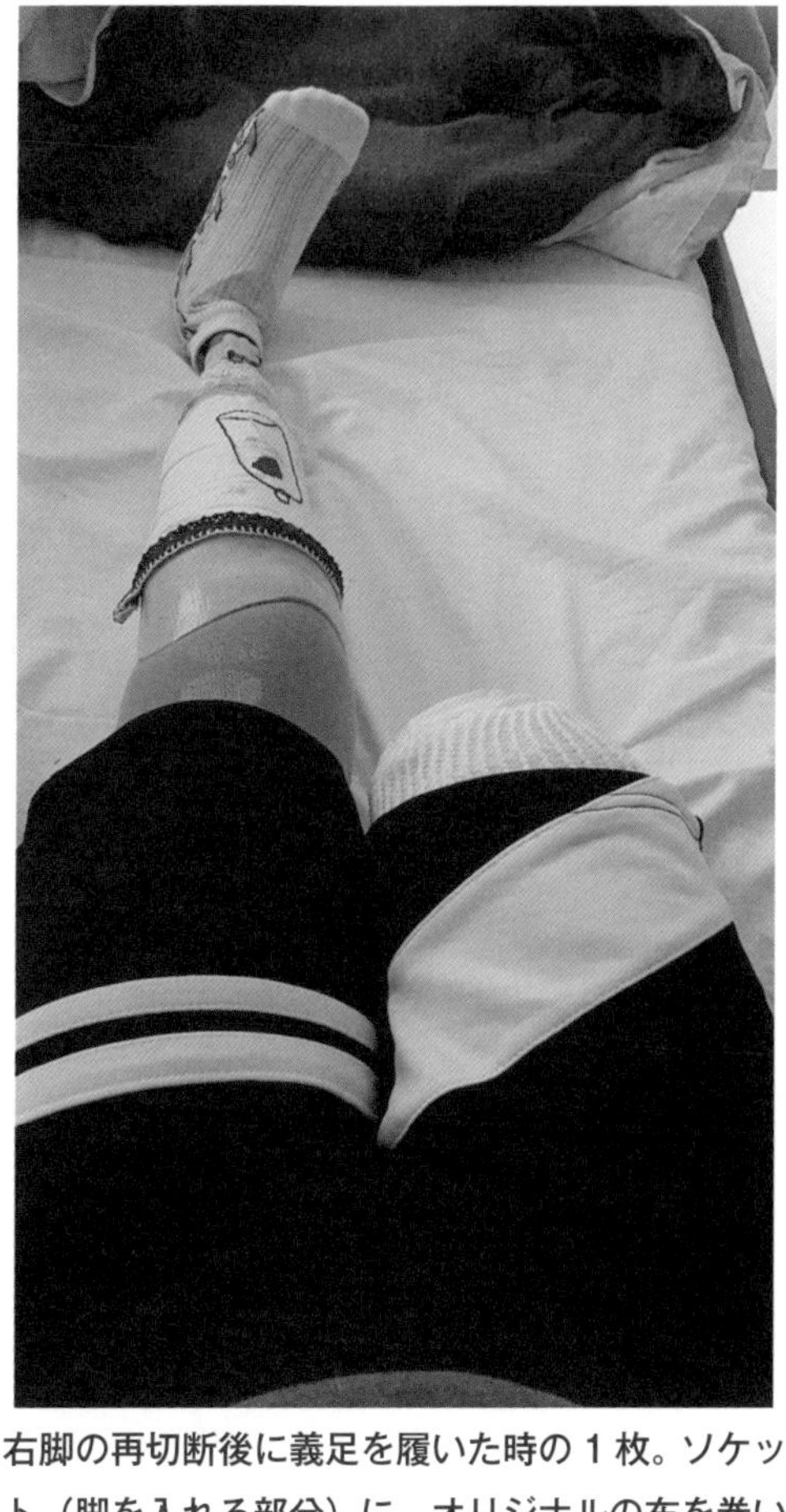

右脚の再切断後に義足を履いた時の１枚。ソケット（脚を入れる部分）に、オリジナルの布を巻いて、かわいく工夫している。

いうのはすごいと思う。自殺未遂直後は全く動かなかった両脚。右脚の方がダメージは強く、ほとんど動かなかったが、左脚は体重を少し支えられるほど回復していた。さらに左脚には触られている感覚がだいぶ戻ってきていた。手の支えなしでは立てないものの、事故後に初めて立った時（約一年ぶり）の景色、嬉しくてたまらなかったその感動は忘れられない。

10月上旬には地元の中学校の演奏会に出演した。その演奏会は卒業生もたくさん集まって行われた。本番には1年以上出ていない。さらに同級生や後輩がどんな反応をするか不安だったが、何も変わらず接してくれて、さりげなくお手伝いをしてくれた。「脚がなくても私は私であって、変わらない」ことを今度は同級生や後輩がさりげない行動で教えてくれた。久しぶりにみんなでひとつのものを作り上げることができたのも重なり、嬉しくて胸がいっぱいになった。「みんなでひとつのものを作り上げる音楽っていいな」「また音楽活動ができて幸せだな」「趣味ができるって素敵なことだな」と感じるとともに、人の優しさが心の支えであることを改めて感じた。

10月下旬。義足の完成とともに私は355日間の入院治療を経て退院した。私はこの日が来ることをずっと待ち望んでいた。この退院は言葉では表現できないほど嬉しかった。これで家族と一緒に過ごせる。いわゆる「ふつう」の生活に近づく。ここまで家族との時間を願ったのは初めてだった。看護師さんだけではなく、リハビリを担当してくれた理学療法士さん、作業療法士さんにも見送られ、私は病院を後にした。

入院生活を終えて

私は入院生活を終えて、感じたことがある。それは入院が長かったからこそ自分と向き合うことができたし、自分の今までを一度ゆっくりと振り返ることができて、これはこれで良かったということだ。

正直長かった。つらかった。もう全てを終わりにしたいと思ったこともあった。でも、終わってみるとこの長かった時間に意味があるように感じた。自分と向き合うことで障がいを少しずつ受け入れることができた。障がいについて調べて情報収集することができた。自分の今までを振り返ることで学びがあった。反省点やこれからにつなげられることが見つかった。それは、日頃から自分の気持ち（特に感謝）を伝えた方が良いこと、コミュニケーションをとった方が良いことなどだ。この入院生活での学びが今に活きている。

第4章

病院との違い

バリアフリーな世の中

約12ヶ月も病院にいたからか、退院後は世の中のバリアフリーではないところが気になった。もちろん病院の中は完全バリアフリー。そんな環境に慣れていたため、病院の外の世界に出た時に、今までは気にならなかった、ちょっとした段差や傾斜が気になった。ここで、私が苦戦する所を紹介する。

私が一番苦戦したのは、たった数センチメートルの段差。健常者からすると数センチメートルは段差の部類に入らないかもしれないが、車椅子ユーザーの私からすると立派な段差だった。横断歩道を渡って歩道に入る時の段差で（視覚障害者のためのものなので仕方ないが）車椅子のキャスター（前輪）が引っかかり何度も落ちそうになったことがある。

そんな時はキャスター（前輪）を上げないと越えられないのだ。キャスター上げも簡単なことではない。まずは後ろにひっくり返るかもしれないという恐怖がある。上手くバランスを取ることが難しかった。

2つ目は道の傾斜。車道に向かって斜めに下がっている時がある。そもそも斜めな時点でバランスが取りにくい。さらに傾斜があると、車椅子をこぐ時に左右差がありこぎにくい。どれも何か意味があるのかもしれないが、車椅子ユーザーやその他の障がいをお持ちの方々のためにも何か工夫ができればいいなと思うことがある。

お店の中のバリアフリー

一見設備が整っていそうなお店でも大変なことがある。

まずはドアの開閉。引き戸なら車椅子でもまだ簡単にできるが、開き戸はなかなか難しい。特にレストランは重たい開き戸が二つある。さらにスペースも限られているため介助者ふたりでドアを開けておいてくださればいいのだが、介助者がひとりだと少し大変な気がする。

次に高い所の商品を取ること。限られたスペースの中でたくさんの商品を並べるので改善は難しいとは思う。でも、高い所の商品がほしい時に店員さんがいらっしゃらない時もあり、ほかのお客様に助けていただくことがある。助け合いができる方がたくさんいらっしゃることに日々感謝している。

最近増えているのがファミリーレストランでお食事を運んでくれるロボット。人件費削減や店員さんの負担軽減に役立つものかもしれないが、車椅子ユーザーや麻痺をお持ちの方には難易度が高い。体幹が利かないので体を支えながら重たい食器を運ばなくてはならない。また、ロボットが止まってくれる位置によっても取りやすさが変わってくる。

さらに難しい問題なのがエレベーター。歩ける方がどんどん乗ってしまい、車椅子やベビーカーなどエレベーターでしか移動できない方が順番待ちをしていてもなかなか乗れないことがある。しかし、外見ではわからない障がいもあるため、一概に「この方は乗るべきではない」と判断できないのが難しいところだ。何か障がいをお持ちの方はヘルプマークを付けることをおすすめする。まだまだ認知度は低いかもしれないが何かあった時に役立つし、例えば訳があってエレベーターを使用した時に、間違えて注意されることが減ると思うからだ。ヘルプマークを付けていれば、付けてない時と比べて少しは理解してもらえると、私は思っている。

ショッピングモールによっては車椅子、ベビーカー、その他身体の不自由な方優先のエレベーターもあり、とても助かっている。また、車椅子はスムーズに動けないことがあり、ドアを開けて待っていてくださる方がいらっしゃることにも感謝だ。

ここでヘルプマークについて説明させていただく。ヘルプマークは赤地に白い十字とハートマークが書かれたもので、義足や人工関節を使用している方、内部障がい（心臓や呼吸機能障がいなど）や難病の方、妊娠初期の方など、援助や配慮を必要としている方がもらえるものだ。

これは、援助や配慮を必要としていることを、マークをつけることで周りに知らせ、援助や配慮が得やすくなるように作成された。市町村の障がい福祉担当窓口や駅でももらえるところがある。ヘルプマークをつけている方を見かけた場合は、電車やバスでは席を譲ったり、街中では声をかけたり、災害時には安全に避難するための支援を行ったりしていただきたい。

公共交通機関のバリアフリー

電車やバスにも様々な工夫がある。そのおかげで車椅子でも安全に乗車することができ、ひとりでどこへでもお出かけすることができる。まずは電車の乗り方から紹介する。

電車に乗る時は（あまり使わない駅、初めて利用する駅の時には事前に電話で伝えることもあるが、）駅に着いて最初に駅員さんに声をかける。

「○○駅まで行きたいです。」

「では○時○分発の電車でよろしいですか? ご希望のご乗車位置はありますか?」

「大丈夫です。特にないです。」または「大丈夫です。○○でお願いいたします。」

「わかりました。それでは○○でお待ちください。時間になりましたら駅員が伺います。」

このような会話をして、駅員さんが降車駅に連絡をし、確認が取れたら電車が来る数分前にスロープを持って来てくださる。

この時に「○両編成○両目○番ドアでお待ちください」と言われることがある。お忙しいのにスロープを出してくださるだけでもとても助かるが、欲を言えば一緒に改札からホームへ行ってくださると、より助かる。それは指定された場所がよくわからなかったり、黄色い点字ブロックのすぐ近くの足元に何番ドアかが書いてあるため、確認のために見に行くと危険な時があるからだ。

また、ホームドアが無く、少し狭い所があるホームだと、通勤時間帯などで混雑している時は、黄色い点字ブロックギリギリを通らなくてはならないことがあり、線路に落ちてしまうのではないかとこわい思いをしたこともあるからだ。

これはあくまでも一例である。いつも駅員さんがスムーズな対応をしてくださるためとても助かり、感謝している。

電車の乗り降りは駅員さんがスロープを持って来て、セッティングしてくださるため、安心安全に利用することができる。また、車内には車椅子、ベビーカーの優先スペースが設けられている車両があり、手すりも付いているため、バランスを崩す心配も軽減される。車椅子ユーザーのなかには体のバランスを取る体幹機能が弱い方もいらっしゃる。実際、私もその一人だ。

そのような障がいがあると、電車の揺れでもバランスを崩してしまうことがある。なるべく手すりにつかまれるように皆さんが譲ってくださると、とても助かる。もう一つ皆さんにお願いがある。それはホームだけではなく普段から注意していただきたいのだが、歩きスマホをやめていただきたいのだ。

これは駅員さんに言われたホームの乗車指定位置に移動している時に感じたのだが、歩きスマホをしている方が私の存在に気づかず、車椅子に乗っている私が線路側に避けなくてはいけなくなってしまい、こわい思いをしたからだ。ホームに限らず、歩きスマホをやめることで事故を防ぐことができるのではないだろうか。ご協力をお願いしたい。

バスに乗る時はどうしているのかご存知だろうか？　バスに乗り降りする時は、床に収納されたスロープを出していただいている。ここで電車と違うのは、座席を二つ畳み、その空いたスペースに車椅子を停めて、車椅子にベルトをいくつか取り付け固定するところだ。固定していただくことによって車椅子が安定し、転倒リスクが軽減される。座席を二つ畳むので、先に座っていた方に譲っていただく必要がある。そんな時に優しく、嫌な顔もしないで譲ってくださるお客様にも感謝している。

このように様々な工夫によって私のような車椅子ユーザーは助かっている。手伝ってくださる方々、譲ってくださる方々、本当にありがとうございます。

第5章

現実と工夫

前例がないとダメなのか

私は退院後しばらくは、訪問看護と訪問リハビリというサービスを利用していた。リハビリでは、歩くことを目標に最初は主に筋力トレーニングを行っていた。当時はまだ義足は左足だけ。いずれは右足も作る予定だったが植皮（皮膚を移植すること）した脚の断端（先端）に傷があり、治療を優先していた。そのため、立位訓練はもちろん片足。思ったより早く筋力がついて、退院して約半年後には腕の力をほとんど使わないくらいまでになっていた。バランス感覚も良く、片手を離して立つこともできるようになった。

そこで、早く歩けるようになりたかった私は理学療法士さんに

「片足だけど歩いてみたい」

と言ってみた。その時の私は数歩なら歩ける自信があったのだ。しかし、理学療法士さんの答えは違った。

「前例がないからねぇ」

こう言われてしまった。杖を使ってみたいと伝えた時も同じだった。私は悔しくてたまらなかった。今までのリハビリはなんだったのか。今までの頑張りはなんだったのか。悔しくて、悲しくて、泣きじゃくった。そして、あることに気がついた。

前例って、誰かがやらなければあるはずがない。それなら私が第一番目になれば良いのではないか。

それからは今まで以上に筋力トレーニングを頑張った。歩けるところを見せつけてやろうと必死だった。

そして、2021年4月9日、ついに2〜3歩ではあるが歩くことができた。その時の嬉しさといったらもう言葉では表現できないほど胸がいっぱいになった。当時の日記にはこう書かれている。

「今日は16時40分からリハビリがあった。歩行器を使って立つ練習……かと思ったらまさかの歩くことに。できないと思っていたら、右足で上手にバランスを取ってゆっくり2～3歩前に歩いて、2～3歩後ろに下がることができた。ものすごく嬉しかった。やっとできた。一年以上歩けなかったし、もう無理かと諦めかけた時もあったけど、ここまでリハビリをしてきて良かったと思えた。早く右足の義足も作りたい。」

もう右足の義足は作れなくなってしまったが、また左足だけで立ったり歩いたりできるようになりたいと思っている。

やめられなかった自傷行為

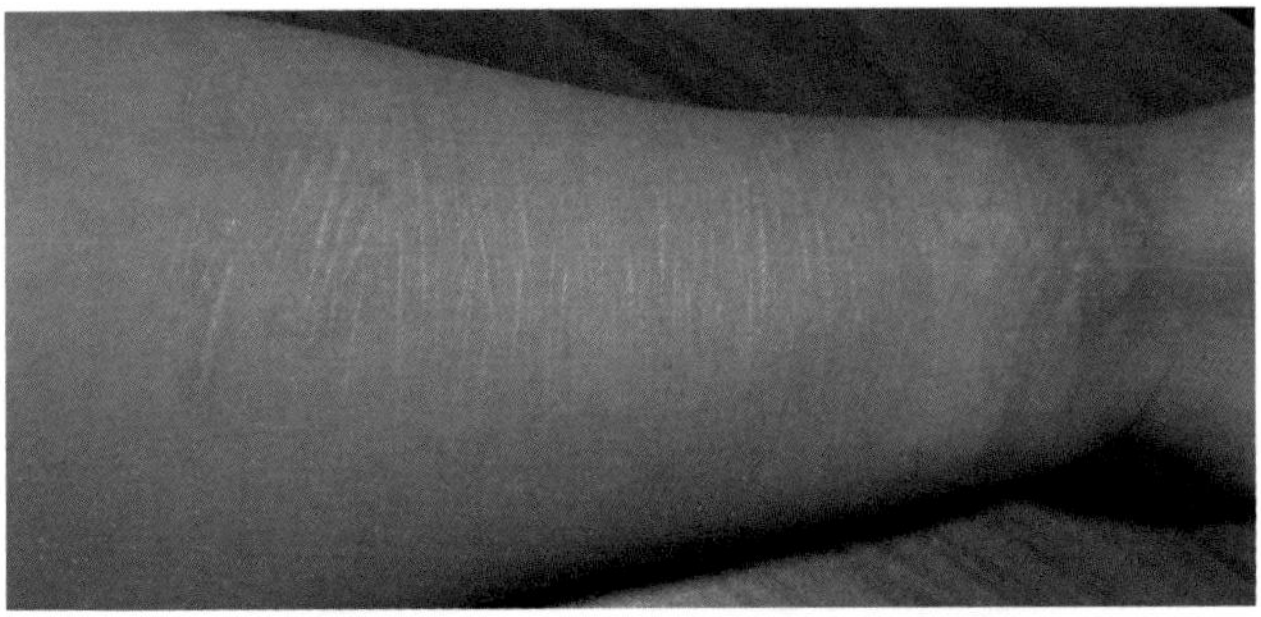

傷跡がたくさん残っている私の左腕

私はうつ病と診断される少し前から自傷行為を始めた。自分のことが嫌いだったり、イライラしても他人に当たれない代わりだったり、苦しい気持ちを表現する手段だったり、理由はたくさんある。今は後悔しているが、当時は「生きようとした結果だからいいでしょ」と思っていた。そのため毎日のように何回も何回も腕を切り続けた。だから、私の左腕にはたくさんの傷痕が残っている。なんで自分を大切にできなかったのだろう。他の手段にできなかったのだろうか。悔しい気持ちもある。でもこれは闘って来た証。つらいことをたくさん乗り越えてきた証。そう思っている。だから最初のうちは隠していたが、今は堂々とすることにした。決して良いことではないが、隠す必要もないと思っている。

再入院

退院してひと安心、と思っていたが現実は違った。車椅子に座り続けていることで、お尻にできた褥瘡《じょくそう》（床ずれ）がひどくなったのだ。やっと家族と一緒に過ごせると思っていた時に再入院となってしまい、かなりのショックを受けた。褥瘡《じょくそう》での入院一回目は2020年12月17日～2021年2月18日。二回目の入院は2021年6月9日～8月2日。

二回目の入院に関する説明がされて、予定では二ヶ月の入院で二回手術と言われ、家に帰った時はきょうだいたちと一緒にたくさん泣いた。悔しかった。悲しかった。寂しかった。泣いた次の日には気持ちを切り替えてきょうだいたちとたくさん遊んだ。入院するときょうだいたちと遊べないから、その分たくさん遊んだ。二人とも楽しそうだった。しばらく会えないのは寂しくて仕方ないけど、きょうだいたちが待っているから、応援してくれているから、不安もあるけど頑張ろうと思えた。そして、6月9日の入院の日は笑顔でお別れした。

入院して嬉しかったことがある。それは、左足だけだが義足を履いて歩く様子を見た看護師さんや患者様が、褒めてくださったことだ。さらに、自分の部屋からお手洗いまで、歩行器を使って歩いて行けるようにもなった。今までは家の庭を10~20歩くらいしか歩けなかったのに、看護師さんと挑戦してみたら、まさかの30歩以上、病院の四人部屋四つ分を歩くことができた。嬉しくてたまらなかった。歩くことが楽しかった。自殺未遂当初は全く動かなかった脚。それがリハビリを続けて、自主トレーニングも重ねて、歩行器は必要だがここまで歩けるようになった。諦めないで良かったと改めて思った。

しかし、入院生活はそんなに甘くないのが現実。私は褥瘡《じょくそう》が原因で、よく熱を出していた。熱があるとしんどくてなかなか歩けない。さらに幻肢痛は激しくなる。思うように体がついてこないのがもどかしかった。

6月26日、この日は一時間程家族と電話した。七夕が近づいていたのできょうだいたちが短冊に何を書いたか話してくれた。たくさん書いたみたいだったが、そのうちのひとつに「ｓａｋｉが早く帰ってきますように」と書いてくれた。私からお願いなどしてもいないのに。ものすごく嬉しくて泣きそうになった。約一時間の電話はあっという間だった。もっともっとお話ししたかった。早く帰りたくなった。そのためにまずは目の前の治療を頑張ろうと思えた。家族の力ってすごいな、そう強く思った。

しかし、悔しくて、悲しくて、逃げ出したくなったこともある。それは手術を行っても褥瘡《じょくそう》が治らず、退院もできず、ストレスがたまっていたためだ。何度逃げ出したいと思ったかわからない。うつ病も治ったわけではなかったため、「こんなに我慢する毎日だったら死んでしまいたい」と思ってしまうことも少なくなかった。面会もできず、つらい毎日だったが、私の心の支えだったのは、やはり家族の存在だった。特にきょうだいたちからのお手紙は大切にしていた。つらくなってきた時に一生懸命書いてくれたお手紙や、一生懸命作ってくれたプレゼントを見ると「もう少し頑張ってみようかな」と思えた。

8月2日、約二ヶ月の入院中色々あったがやっと退院できた。

それから何度も入退院を繰り返しているが、心の支えが家族であることは変わらない。

お出かけ

私は自殺未遂をする前、中学生の頃からきょうだいたちと三人だけで出かけることが多かった。親が共働きで忙しく、公園でさえなかなか連れて行かなかったからだ。近場だと公園やスーパー、本屋さんに連れて行った。少し電車に乗って科学館まで三人で行ったこともある。私は三人で出かけることが大好きだった。お姉ちゃんとしてできることがあるのがとても嬉しかった。

しかし、私は自殺未遂をしてしまった。大好きなお出かけももう諦めなければならないのか、最初はお姉ちゃんとしてできることがなくなって、逆に助けてもらってばかりになってしまうのではないかとショックを受けていた。でも、どうしてもまたお出かけしたかった。もっときょうだいたちに楽しい経験をさせたかった。そう思い、自分でできることを増やしていった。まずは体力づくり、筋力強化、お手洗いを完璧に一人でできるように……。

そしてついに、2021年8月22日、きょうだいたちと家から車椅子で片道10分ほどの所ではあるが出かけることができたのだ。障がいを

ディズニーランドの帰り際に記念に撮った１枚

負ってから三人だけで出かけたのはこれが初めて。とても嬉しかった。自信になった。

　それからは少しずつ自分だけで移動できる距離を伸ばしていき、２０２２年４月17日にはまたきょうだいたちと三人だけでディズニーランドでお出かけした。行き先はなんとディズニーランド。こんな日が来るとは思ってもいなかった。きょうだいたちにとっては初めてのディズニー。私は日頃の感謝とディズニーの楽しさを知ってほしい、そう思って連れて行った。しかもこの日に使ったお金のほとんどは私のバイト代。バイトは脚を失ってから始めた。結局入退院を繰り返していたので長くは続かなかったが、自分で働いて得たお金で家族を笑顔にできることが、私にとって生きがいだった。

きょうだいたちはディズニーランドに着いてすぐにテンションマックス。ディズニーといえばまずはカチューシャなどを身に着ける。弟はウッディの帽子を、妹はジェシーの帽子を選んだ。ポップコーンを食べて、パレードを見て、アトラクションに乗って、楽しい、夢のような時間を過ごすことができた。

何事もスムーズにゴールへはたどり着かない。でも、地道に努力したら、きっと光が見えてくる。私は毎日の積み重ねを大切にしている。長いトンネルも日々の努力でいつかは絶対に抜け出せると感じているからだ。

お世話になった病棟へ

　2021年10月14日、一回目の入院でお世話になった病棟に顔を出してみた。その病棟は私の両脚が全く動かなかった時期を知っている所。看護師さんは、私が歩行器を使って歩いてみせると、とても驚いていた。私は看護師さんにリハビリの成果を見せることができて嬉しかった。

　それからはなかなか病棟へ行けていないが、あの時があったから今があると思っていることは変わらない。あのつらい時期、頑張った時期があったから今の私がいる。未だに闘わなければならないこともたくさんあるが、それは生きているから。生きていれば良いことも大変なこともたくさん経験する。それは嫌でも寿命が来るまで。どんなに辛くても少し冷静になってみたら必ず誰か助けてくれる人がいる。だから、一人ではない。ついつい一人で抱え込んでしまいがちだが、周りに助けを求めることも大切だと感じる。

喘息

私は18歳の春、2022年4月13日に喘息と診断された。それまでは食物アレルギーもあるので、新しくアレルギーが増えたのか、よくわからなかった。でも、症状が咳と喘鳴《ぜいめい》（喉が笛のようにヒューヒュー、ゼーゼーいうこと）だけだったので、うつ病の時と同じように自分でおかしいと思い、喘息じゃないか検査してもらった。結果はやはり喘息。内服薬に吸入と、薬が増えてしまい少しショックだったが、何より原因がわかってホッとした。

しかし、なかなか周囲の理解が得られずに窮屈な思いをしたことがある。ちょうど新型コロナウイルスが流行していたため、咳をすると見られてしまうことがあった。5類になった今でも咳をするときは少し周りを気にしてしまう。また、家族の理解も最初は得られなかったように感じる。私は喘息と診断されてから、しばらくは発作が頻繁に起きていた。発作が起きた瞬間、家族の機嫌が悪くなったのだ。これにはかなりショックを受けた。なりたくてなったわけではないのに。なんで私が責められなければならないのだろうと悩んだ時期もあった。最近は家族も私がなりたくてなったわけではなく病気がいけないと理解してくれたのか、ショックを受けることはなくなった。

どんなことでも当事者じゃないとわからないことは必ずある。だから、私は自分から発信して何がつらいのか、どうしてほしいのかなどを伝えるようにしている。どんなに理解しようとしてくれても、当事者の声を伝えないとわからないこともあるからだ。

楽しみなこと・好きなこと

皆さんには、今、楽しみなことがあるだろうか。私は毎月二回、趣味の音楽（クラリネット・ジャズ）に夢中になれる、みんなで一つのものに夢中になれる日、練習日が楽しみだ。私は小学校5年生から音楽をやっている。途中、入院などでできない時期もあった。入院中は吹けない分たくさん音楽を聴いていた。中学生のときのように毎日練習ができないため肺活量は低下し、音色は悪くなったが音楽が好きなことは変わ

らない。
また、もう一つ趣味がある。それは手芸だ。この本の最初の方にも書いたが、小学校2〜3年生の時に母方の祖母から教わったものだ。手芸といっても様々なジャンルがあるが、私はお裁縫とかぎ針編みが好きだ。

生きていく上で楽しみなことや好きなことがあるのとないのでは、かなりモチベーションに差があるように感じる。些細なことでも良い。お買い物に行くでも、何でも良いと思う。私自身もつらいときにはそのことだけに集中してしまい、楽しみや好きなことまで考えられなくなってしまう。だから、辛くなる前に先に楽しみを作っておき、それまでは生きてみようと思えるといいのではないか。

ひと工夫

私は初めて義足ができた時、いわゆる「ふつう」になりたかった。だから、義足を履いてロングスカートや長ズボンを履いて脚があると見えるようにしていた。でも、どう頑張っても「ふつう」にはなれない。

そんな時たまたまネットで義足をおしゃれに履いていらっしゃる方を見つけた。「かっこいい」そう感じて私も義足をおしゃれに見せたいと思うようになった。それから義足カバーについて色々調べたが、どれも自分のお金では買えない物だった。諦めなくてはならないのか、そう悩んでいた時にまた私の諦めない性格のおかげで、自分で作ってみることにした。ネットで見たのは固い材質のもので作られていたり、義足のソケット（断端を入れる部分）におしゃれな柄がペイントされていた。でも、自分で作るにはどうしたらいいのか。たくさん考えて出した答えは、布を使うこと。得意なお裁縫を活かして作ったのだ。お気に入りの柄の布や、好きなものを刺繍した布に細工をして、ソケットに巻き付けた。世界に一つしかない、オリジナルのもの。これが病院の看護師さんから評判が良かった。

こうしてひと工夫したことによって「自分を見て」と自信につながった。それまでの私は両脚切断という障がいを隠そうとしていた。でも、このちょっとした工夫によって自信がつき世界が変わったのだ。マイナスなこともひと工夫でプラスになる。だから「どうしたら良い方向に変わるのか」を考えられるようになると、より生活が明るいものになるのではないだろうか。

車椅子

私が最初に買ってもらった車椅子は一人でアクティブに動く人用ではなく、介助者が押す前提の重たい既製品の車椅子。自殺未遂直後の入院の時は病院の車椅子を借りていたため、自分だけの車椅子、自分の脚があることがとても嬉しかったが、さすがに一人で出かけるにはかなりの体力・筋力が必要だった。でも、車椅子をこぐのがどんなに大変なことなのか、なかなか家族に伝わらなかった。何度「車椅子が重たい」「軽い車椅子にしたい」と言ってもわかってもらえなかった。そこで、私の義足を作ってくださった義肢装具士さんに相談すると、「確かに既製品は重たいよね」「セミオーダーは一人で行動する方向けだから良いかもしれないね」などとすんなりとわかってくださった。それから車椅子を購入するのにどのような制度があるのか教えていただいたり、実際に車椅子のデモ機をお借りして乗ってみたりした。初めてアクティブな方向けのセミオーダーの車椅子に乗った時は、あまり力を入れなくても前に進むのでびっくりした。同じ車椅子でも介助者ありきで作られたものと、自走がメインのものとでこんなにも違うとは思わなかった。家族も実際に押してみたり、持ち上げてみたりして、やっと今までの車椅子が重たく、一人で出かけるには不便なことをわかってくれた。

車椅子選びはワクワクして楽しかった。形はどんなのが良いかな、色はどうしようかなと、カタログを見てはこれから先の自分の脚を想像してワクワクしていた。そして、決めたのは義肢装具士さんが初めて車椅子を作る方におすすめの機種で、色は何種類もある中から私が気に入ったラメ入りの水色にした。納車がとても待ち遠しかった。お気に入りの

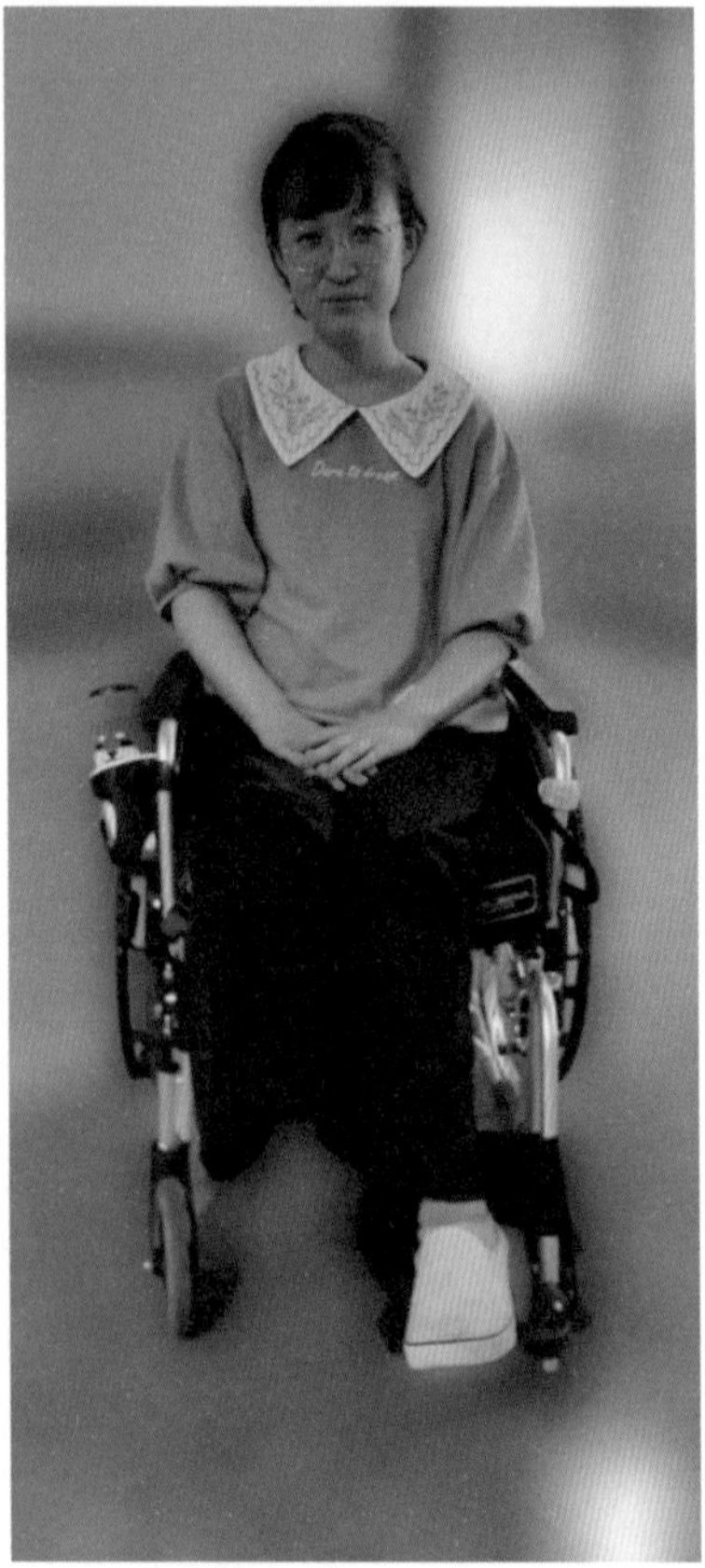

この時はまだ義足を隠して外に出ていた。車椅子も既成品のもので、1人で行動するのに苦労していた。

車椅子でどこに行こうかな、たくさんの楽しい思い出を作りたいな、など考えていた。

5月19日、ついに納車した。自分でお気に入りのものを選んで作っていただいた車椅子。嬉しくてたまらなかった。こんなに素敵な車椅子を作るのにかかわってくださったリハビリ科の先生、義肢装具士さん、家族、行政機関に感謝している。

うつ病と病院探し

私は普段は問題ないのだが、入院が長くなりストレスがたまってくると、自分で感情をコントロールできなくなり、自分が自分じゃなくなってしまうことがある。私自身どうしたらいいのかわからない。周りを困らせてしまう自分に私も戸惑っている。私もつらいのだ。これも精神疾患の影響。でもある病院の先生はわかってくださらなかった。

「うちではもう見切れない。」

この言葉を言われた時は悲しくて仕方なかった。全て病気が悪さをしているのだが、自分のせいなのではないかと、ひたすら自分を責めた。自分なんていない方が良い。生きていても周りに迷惑をかけるだけ。それなら死んでしまいたい。そう思っていた。でも自殺も迷惑をかける。どうしたらいいのかわからず、ただただ悲しくて泣いていた。さらに、その先生は病院探しを自分たちでするように言ったのだ。今度は親に迷惑がかかる。親もつらかったかもしれないが、私も自分がいけないと思い心が苦しくなった。

病院探しは簡単にはいかなかった。条件としては、精神科病棟があること、褥瘡《じょくそう》を治療してくださること、この二つだけだったが、精神科病棟がコロナ病棟になってしまっていたり、「うちでは診れない」と断られてしまったりした。断られる度に「私なんていない方が良い」「このまま褥瘡《じょくそう》から感染でも起こして死んでしまえば良い」と「死」のことばかり考えてしまっていた。

それから病院探しは落ち着いているが、病気を診るはずの病院が精神疾患を理解してくださらなかった悲しみは、今も残っている。

麻痺の原因

私は自殺未遂直後から両脚が動かず、腰から下を触られても感覚がなく、お手洗いの感覚もなくなっていた。「これはおかしい」と思い、MRI

という検査を自殺未遂直後に何度かした。結果はどういうわけか異常なし。私には理解ができなかった。全く脚が動かないのになぜ異常なしなのだろうか。先生も頭を悩ませていた。何度検査をしても異常なし。当時は異常がないならいつかは動くようになるのではないかと楽観的に考えていた。しかし、約三年経った時に脚の動きは出てきたものの、お手洗いの感覚が相変わらず全くないことに悩み始め、もう一度検査してほしいとお願いしてみた。原因がわかるかはわからない。検査したところで脚が動くようになるわけではない。お手洗いの感覚だって戻るわけではない。それでも、検査してほしかった。少しでも何かわかるかもしれないのなら、その可能性を信じたかった。治らないなら治らないで良いから、対処法など何かしらのヒントを見つけたかった。

そして、2022年6月、原因がやっとわかった。記録が正しければ、私の場合は腰椎3番から下の馬尾神経に炎症が起きる「癒着性くも膜炎」というものだった。治るかわからない。治療法もない。原因がわかって良かった反面、これから治るかわからない悲しさを感じた。複雑だった。お手洗いの感覚だけでもいいから戻ってほしかった。でも、今さら何を言ってもしょうがない。麻痺の原因がわかっただけでも良かった。原因不明のままだと何の対処もできないからだ。これからも上手く自分の身体と付き合っていくしかない。そう思った。

ジャズサークル

私は2022年7月からジャズサークルに参加している。これは新しく結成したバンドだ。この本の最初の方でも書いたように、私は小学校高学年の頃から音楽を始め、小学生の時はトロンボーン、中学生からはクラリネットをやっている。今のジャズサークルでクラリネットは私一人。経歴も人それぞれ。それでもさすが大人のバンド。担当楽器に関係なく楽しくお話できる。練習中は笑い声が聞こえてくることも。ジャズサークルは私にとって一つの居場所であり、かけがえのない存在だ。

けれど、私はこのバンドに入団していても、時々入院の関係で長期間お休みをいただくことがある。そのため、2023年10月の時点で本番に出られたのは0回。悔しい。せっかくソロもあったのに。何のために入団しているのだろう。同じタイミングで入団した仲間たちはもう何回も演奏会に参加している。それでも、退院して練習に参加すると仲間たちはあたたかく迎えてくれた。このたくさんの優しさに何度救われたことか。嬉しくて涙が溢れそうになったこともある。

優しさのかたち。これは人それぞれ違って当たり前だ。でも、私にとっての優しさとジャズサークルの仲間たちにとっての優しさのかたちは似ているようだ。だから、私にとって居心地の良い場所なのかもしれない。

コミュニケーション

皆さんはきちんと周りの方々とコミュニケーションをとっているだろうか？　まともに話もしないで、相手のためと思って勝手に行動していないだろうか？

実際、私は学校の先生から留年しないように「あと○回休んだら単位が取れない」という言葉を何度も聞いた。それは私のことを思っての言葉だったのかもしれない。でも、結果的には私を追い込む形となった。これは私も自分が学校の先生とコミュニケーションをとっていたら防げたことだと思っている。きちんと私から「今は休んで、まずはうつ病を少しでも改善させたい」「あまり追い込むようなお話はしないでほしい」と伝えたり、逆に先生の方も「今、sakiさんはどうしたいの?」「先生はこう思うけど、あなたはどう思う?」と聞いてくださっていたりしたら良かったのかもしれない。

でも、今さら後悔したところで仕方ない。これからは会話を大切にしていきたい。言葉のキャッチボールを大切にしていきたい。会話をすることで相手のこと（気持ちなど）を知ることができる。そこから、相手にとって今何が大切なことなのか、良いことなのかを探して行動に移すことが、私が思う「優しさ」だ。

ICU

私は2022年7月12日から9月9日にも入院していた。そのうちの約三日間はICUで過ごした。それは喘息の大きな発作が起きてしまったからだ。あと少しひどかったら気管挿管（気道を確保するため気管にプラスチックチューブを挿入すること）だったらしい。「らしい」というのは発作中、途中から意識が飛んでいて全く覚えてなく、後から看護師さんに聞いたからだ。

発作は突然やってきた。その日、日中は微熱はあったもののシャワーに入り、荷物の交換に来てくれていた母親に少しの時間だったが会うこ

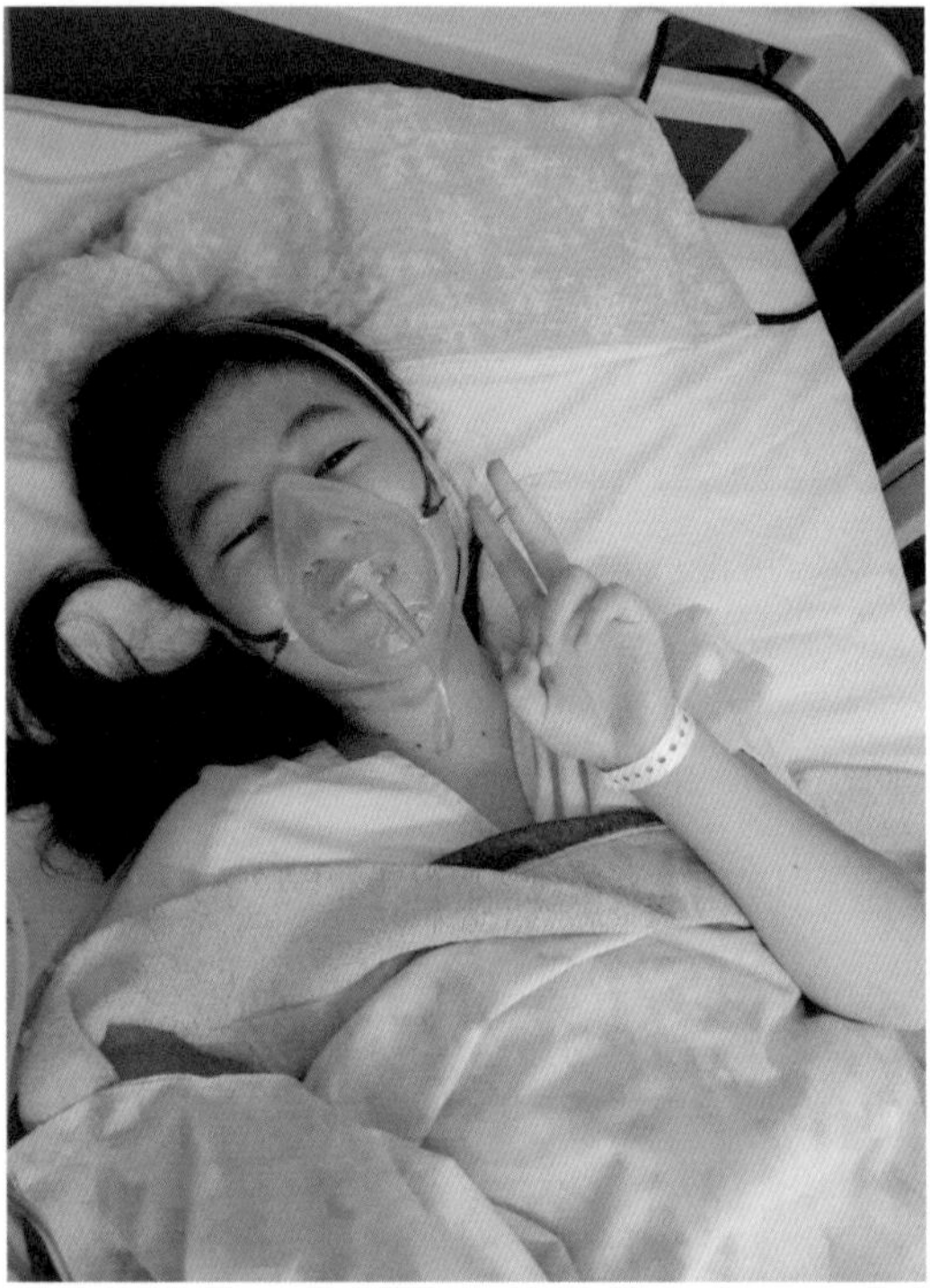

手術直後に撮影した１枚。少しでも安心してもらおうと必死だったのを覚えている。

とができた。消灯前は家族とＬＩＮＥのビデオ通話で楽しく話をしていた。

その時は入院でなかなか話す機会がなくなっていた父親も一緒で嬉しかったのを覚えている。微熱が続いていたこと以外は身体に異変は感じていなかった。そして、その日の夜中、急に咳が出始めた。最初は吸入をしたらすぐに治まると思っていた。

しかし、どんどん苦しくなっていく。サチュレーション（血中酸素濃度）もどんどん下がっていく。これはおかしいと思ったのか、看護師さんが飛んできた。念のため心電図モニターとサチュレーションモニターをつけていたから看護師さんが異変に気づいてくださった。

私はいつもの発作だと思っていたが、看護師さんからすると明らかに何かがおかしかったらしい。看護師さんが来て安心してしまったのか、そこからの記憶は途切れ途切れだ。これも看護師さんから聞いた話だが、アンビューバッグ（患者の口と鼻からマスクを使って他動的に換気を行うための医療機器）で呼吸を助けてもらいながらなんとかサチュレーションを保たせて、ＩＣＵへ移動した。そこで人工呼吸器を付けて様子見。これでも呼吸が安定しなかったら挿管のところだったと聞いている。私はなんとか人工呼吸器で落ち着き、意識もはっきりとしてきた。つらかった。苦しかった。

ＩＣＵでは私物の持ち込みは厳しく制限されている。もちろんスマホは禁止だ。家族との面会もない。寂しかった。そんな時、私がなんとか頑張るきっかけをくれたのは、やはりきょうだいたちのお手紙だった。お守りのようにずっと持っていた。何度も読み返した。

私はこの経験を通して喘息の恐ろしさを改めて知った。日々の吸入・

内服治療の重要性を思い知らされた。予防していても大きな発作が起きてしまう。これからどう生きていけばいいのだろうと不安にもなった出来事だった。

無理しないこと

私は、ついつい自分で自分を追い込んでしまう。スケジュールを詰め込んでしまったり、自分に厳しく完璧を求めてしまったりする。そんな時、よく

「無理しないでね」

と言われる。でも「無理しない」とは、いったい何なのかわかっていなかった。自分の中では無理をしている感覚はなく、ただ頑張っているだけだと思っていた。でも、よく考えてみると「頑張る」と「無理をする」は意味が違うように感じる。頑張っている時は「○○したい」と意欲があるのに対して、無理をしている時は意欲的に動いているのではなく、「○○しなきゃ」と追い込まれているのだ。皆さんにもこの違いを覚えておいた上で「○○したい」という気持ちを大切にしていただきたい。

第6章

再切断

再切断という選択

私の記憶では脚の切断手術は合計四回している。一回目は両脚を膝下で下腿切断、二回目はさらに左脚を膝下で下腿切断。本当はここで落ち着くはずだった。これ以上切断しなくてもいいはずだった。

しかし、ある日私の不注意で右脚の膝下に重たいものを落としてしまった。ちょうど落としたところは皮膚を移植（植皮）した部分で皮膚が弱かった。そのため、重たいものを落とした瞬間傷ができてしまい、それなりに出血した。つらかった。悔しかった。せっかく何度も植皮手術をして治った右脚。先生が一生懸命治療してくださって膝下で残せた右脚。

ものを落とした半月後には切断と言われてしまった。正直悲しかったが自分の不注意が原因。あまり弱音を吐くことはできなかった。全て自分の責任。そう思った。

11月9日、病院へ行き切断することにした。その時の日記にはこう書かれている。

「今日は病院へ行って右脚の治療方針を決めた。切断することにした。ちゃんと自分で決めた。残すこともできなくはなかったけど、いつ状態が悪くなるかわからないし、生きたいから切断にした。正直悲しい。こわい。でも、たくさんの人が待っててくれるから頑張る。」

11月10日には、切断手術をしてくださる先生から詳しい説明があった。その先生は自殺未遂直後の切断手術をしてくださった先生だ。こんなかたちで再会してしまうとは思わなかった。本当は歩ける姿を、元気な姿をみせたかった。

この日の日記には「今日も病院。詳しい説明を受けた。一回の手術で終わるように膝の少し上で切断することにした。17日に入院、18日に手術。あと一週間。最後まで右脚を大切にしていきたい。まだこわいし、悲しい。こわい気持ちは終わるまで、悲しい気持ちはずっと続くと思う。本当は逃げ出したい。でも、生きるために向き合っていくよ。」と書かれている。

それからは入院の準備をしたり、通院をしたりして、あっという間に入院の日になってしまった。

入院、そして切断手術

入院したのは初めての病棟。知らない看護師さんばかりで少し不安だった。でも入院してしまったのならもう頑張るしかない。逃げられない。入院したことでちょっとだけ覚悟ができた気がする。病室に入ると自分が過ごしやすいように荷物を片付けたり、手術前最後のシャワーに入ったり、右脚の写真をたくさん撮ったりして過ごした。

次の日、ついに切断手術かと思っていたら、まさかの延期に。理由は入院した日の夜に緊張が原因なのか、喘息発作が起きてしまったからだ。詳しくはわからないが、全身麻酔をする直前に喘息発作が起きてしまうと、麻酔をかける時に危険らしい。大事を取って手術は延期となってしまった。

右脚さんともう少し一緒にいられると思えば少し嬉しいことなのだが、あれだけ覚悟を決めてきたので延期となってしまいショックの方がはるかに強かった。手術がこわい気持ちを抱えたままさらに一週間過ごさなければならないのかと思うと、言葉では表現できないほどつらくなってしまった。あまりにもつらすぎて心が乱れてしまい、看護師さんを困らせてしまった。今は反省しているが、当時は周りのことなど考える余裕もなく、緊張の糸が切れて、今まで自分の心の中にしまって我慢していた悲しい気持ち、悔しい気持ちが溢れてしまった。

でも、「自分で頑張ると決めたのだから逃げてはいけない。頑張る、頑張る。大丈夫、大丈夫。」と自分に言い聞かせて周りの力もお借りしながら、なんとか乗り越えた。

そして今度こそ切断手術当日。手術前日の夜は緊張してしまいあまり寝られなかった気がする。手術はお昼頃からだったが、当日の0時からは飲食禁止。緊張しているから何かしら気を紛らわせたかったけど、点滴が腕に入っていたからできることが限られていた。手術室に入るまでが長かった。

右脚さんに「ありがとう」と心の中で叫びながら手術室に入ると、私はすぐに麻酔で眠らされた。

気づいたらもう夕方になっていた。手術は無事終わったみたいだ。やっと終わってホッとした。やっと緊張から解放された。手術自体は寝ているだけのはずだったが、なんだか疲れていた。手術直後は右脚を見るのがこわかった。切断を受け入れることができなかった。それでもいつかは向き合わなければならない。だから恐る恐る自分で見てみた。その時の感想が日記に残されている。

「右脚を見てみた。思ったより短い。どうしてもショック。これで良かったのかなって。それでも私は生きる。今は受け入れることはできないけど、でも、きっとまた生きてて良かったと思える日が来る。とにかく手術が終わってホッとした。これからはきっと良くなるだけ。不安なことも山ほどあるけど大丈夫、大丈夫。」

手術から3日くらいは気持ちが沈んでいた。やはりショックが大きかった。

私は右脚を再切断したらまた座れなくなると思っていた。自殺未遂直後の切断した時がそうだったから。せっかくリハビリである程度自分ひとりで身の回りのことができるようになったのに、振り出しに戻るのではないか不安でいっぱいだった。

でも、手術の次の日に、ベッドに背もたれも手の支えもなしで座ってみると、思ったより安定して座れた。さらに、その日のうちにお手洗いにも行くことができ、点滴も抜けた。嬉しかったがまだ受け入れられなかった。

今まで右脚は麻痺で上手く動かせなかったので、自分の手で動かして色々やっていた。しかし、短くなったから手で動かそうとしてもそこには脚がない。慣れるまでは今までの癖で動かそうとしてしまい、その度にショックを受けていた。短くなって軽くなったから手の支えなしで簡単に動かせる。そこにもショックを受けていた。

治らない日々

手術をしたからもう治っていくだけだと思っていたら、なかなか熱が下がらなかった。最初は術後だから仕方ないと思っていたが、10日経っても39・7℃。熱があると幻肢痛が激しくなるため、ここまで続くとかなりつらかった。

あまりにも痛いので医療用麻薬を出してほしいと頼んでみたが「若いから」という理由で出してもらえなかった。ずっと飲み続けると身体に悪いことはわかっている。副作用があることだってわかっている。それでも泣き叫ばないと耐えられないこの痛みから解放されたかった。

若くても痛いものは痛い。私には年齢など、どうでもよかった。なぜ「若いから」出せないのか詳しい説明もなかったため、納得もいかなかった。先生も悩んだ結果出さないと決めたのかもしれないが、当時の私には先生の気持ちなど考える余裕もなく「なんでわかってくれないんだ」「こんなに痛いなら死んでしまいたい」とまで思っていた。

12月7日、CRPと言われる炎症反応が26くらいまで上がった。これは正常値（0・3mg／dl）をはるかに上回る値だ。前日の12月6日から局所麻酔で手術をすると言われていたが、当日の7日、急遽全身麻酔での手術が決まった。正直驚いたけど、これで治るなら、熱と痛みから解放されるなら、そう思って手術に挑んだ。

手術も終わって熱も落ち着いている、そう思って喜んでいた矢先、また熱が出始めた。38・7℃。またCRP（炎症値）が上がってきてしまった。なかなか治ってくれない右脚。入院が延びて精神的にもつらかった。そして12月16日の17時頃、先生からお話があり、翌日の17日にまた手術することになった。何回手術したらいいのか。もう治療をやめたい。そう自暴自棄になることも多くあった。17日の手術ではCV（中心静脈カテーテル）も首から入れた。これは点滴の代わりになるもので、なかなか点滴が入らない私には大切な管だ。最初は刺入部に違和感があったが、数日で気にならなくなった。

今度こそ安心して良いかと思っていたら、術後3日でまた熱が出始め

いた。この日の日記には退院したいけどしたくないという葛藤が書かれていた。

「まさかまさかの発熱。術後だから？また感染じゃないよね？でも出血しているから嫌な予感。痛みも出てきている。こわい。こわいよ。どうなっちゃうの？いつになったらゴールにたどり着けるの？帰りたいけど、まだ帰りたくない。結局私はどうしたいのかな。」

12月21日にはMRIを撮影して右脚の状態を確認していただいた。すると、太ももの上の方の筋肉（膝を伸ばす筋肉）に炎症が起きていた。まだこの時も38・7℃の熱があったため、翌日の12月22日にまた手術になった。今度は炎症を起こしている筋肉を取り除く手術。「今度こそこの手術で終わりにするぞ」そう思って頑張った。

手術が終わるとなんだかダメージがすごかった。気持ち悪いし、血圧は下がるし、だるいし、ボーっとするし……。よくよく聞いてみると先生が言うほど大きな手術だったらしい。出血が多かったらしく何リットルという単位だったと教えてもらった。それではダメージが大きくてもおかしくない。輸血を何パックもして命をつないでもらった。助けてくれた先生、看護師さん、支えてくれている家族、献血に協力してくださった方々など皆さんに感謝している。

それでも治らない右脚。CRPは27くらい。クリスマスも病院、お正月も病院。もう嫌だった。予定ではすでに退院していたはずなのに。こんなに治らないのなら、私はそろそろ死んでしまうのではないかと不安にもなった。気持ちが沈んで泣いてばかりの日もあった。死にたくない自分と死にたい自分がいた。

年越しは家族とビデオ通話した。離れ離れだけれど、一緒に新年を迎えられて嬉しかった。思わず涙が溢れた。忙しいはずなのに時間をつくってくれた家族には感謝している。

1月10日はまた手術だった。これが最後になるはずの手術。今回は簡単な手術だったからダメージも少なかった。無事に終わって、やっとゴールに近づけた気がして嬉しかった。これできちんと傷が閉じてくれたら退院できる。とにかく早く帰りたかった。もう入院なんてしたくなかった。しかし、1月21日に先生から「完全に治るには1ヶ月以上かかる」「傷は深い」と現実を突き付けられて悲しくなった。でも嬉しかったこともある。それは「処置ができるなら近いうちに帰れる」と言われたことだ。やっとここまでくることができた。

2月2日、ついに退院することができた。ここまでくることができたのは私も頑張ったつもりだが、懸命に治療をしてくださった先生、看

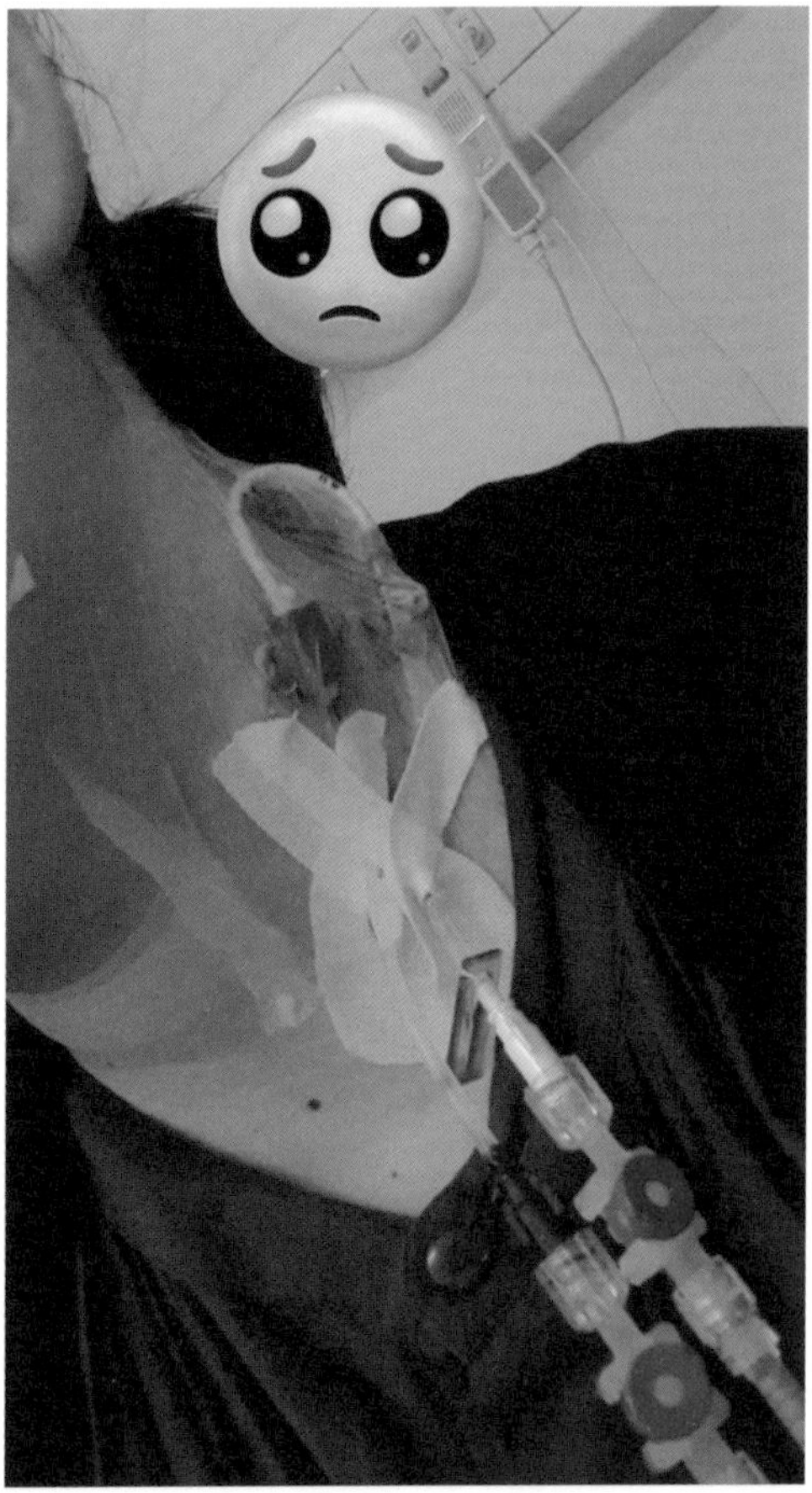

首に入ったCVの写真。この管のおかげで私は
助かったといっても過言ではない。

護師さん、リハビリの理学療法士さんがいたからであり、支えてくれた家族の存在も大きい。感謝してもしきれない。それくらいお世話になった。

治ったはずの右脚

もう治ったから大丈夫だと思っていたら、退院から約20日後に傷口がぱっくりと裂けてしまった。ただただショックだった。もう入院は嫌だった。退院してからちょうど1ヶ月後には、また熱が出始めた。さらに脚が激痛になることが多くなって嫌な予感がしていた。仕方なく病院へ行き血液検査をしてみるとCRP（炎症値）が上がって、脚に炎症が起きていた。もしかしたらまた切断。そんな話まで出てしまった。もう死んだ方がいいのではないか。楽になりたい。生きていてもつらいだけ。生きたいという気持ちがなかったわけではないが、どうしても気持ちがマイナスな方向に向いてしまい、つらい日々を送っていた。

そんな時、ある方の講演会を聞きに行ってみた。その方も事故によって脚を切断されている。同じような経験をしているからか共感するところが多くあった。そして、話を聞いていると気がついたら涙が溢れていた。とても感動した。それまでは死にたかったはずなのに、なんだか「生きたい」と思った。そして「私も人の心を動かす講演会をしたい」という目標ができた。人の言葉の力ってすごい。そう思った。

それから5日後の3月17日、右脚の炎症がひどく緊急入院した。40℃くらいの発熱とあまりにもひどい幻肢痛がつらかった。予定では二週間の入院だった気がする。でもこれはあくまでも予定。治療の経過によっては入院期間は延びていく。先生がきちんと見極めて、良い状態で帰れるのは嬉しいことなのだが、入院期間が延びるのはどうしてもショックなことだ。毎回先生と家族と話し合って退院時期を決めている。

3月18日は緊急手術だった。股関節から少し残して（10cm未満）さらに切断した。本当は嫌だった。でも、生きてやりたいことがたくさんあるから頑張った。「ショックだけど、もう仕方のないこと」そうなんとか割り切って早く帰ることを目標に治療を受けた。

4月4日にまた手術をしていただいた。この時の私は8本の管によって生きていた。「本当に治るのかな」そう時々不安になっていた。それから短くても一ヶ月は入院となった。悲しかった。私なりに頑張っているつもりなのになんで……。気持ちが沈んでしまう日々が続くようになった。

そんな時、かなりショックな出来事があった。それは一番近くで私のことを見ていたはずの看護師さんから、何度も「頑張れ」と言われたことだ。看護師さんに悪気はなかったと思う。でも私の心は限界だった。つらかった。悲しかった。私はどこまで頑張ればいいの？　どうしたら私を認めてくれるの？　なんで私の気持ちをわかってくれないの？　もう何もかもわからなかった。悔しくて衝動的な行動をとってしまった。決して許されることではない。そうわかっていたはずなのに。今はとても反省しているが、当時の私には周りのことを考える余裕がなかった。それだけではなく、看護師さんに「悲しい」「泣きたい」と言われて頭が混乱した。なんで私がそんなこと言われなくてはならないのか。当時の私には理解できなかった。それくらい、度重なる手術や延びていく入院生活でストレスを抱えていた。「看護師さんなんか嫌い」そう思ってしまった自分が嫌だった。

それから私の日記は途切れてしまっている。あまりにも気持ちが沈んでしまって日記を書くほどの余裕がなかったのだと思う。

そして6月20日、この三ヶ月色々あったけど、やっと退院できた。つらかった。苦しかった。でも、最後の一ヶ月は自分と向き合って、色々考え直すことができた。これで良かったかはわからない。でも、この入院があったから得たものがあることは確かだ。

第7章

退院してからの出来事

大きな一歩

私が退院すると、LINEやDM、メールなどにたくさんの方々から連絡が来ていた。その中に私の夢を叶える一通のメッセージがあった。それはメールの件名に「講演依頼」と書かれていた。とても驚いたが、素直に嬉しかった。メールをくださった方のお名前は小野早希恵さん。Xで私のことを知り、様々な共通点があったことから連絡をしてくださった。一つ目は看護師を目指していた私と看護師をしていた小野さん。二つ目は自殺未遂をしてしまった私と自殺を発見した側の小野さん。お互い「自殺」と向き合っている。三つ目は音楽経験者ということ。ここまで共通点が多い方はなかなかいない。この共通点を活かして、朗読ミュージカルの中で5分ほど出てくれないかといったメールだった。このメールに返信したのは6日21日。小野さんはすぐにお返事をくださった。

この朗読ミュージカルは「命の授業」というもので、様々な命には「使命」があるということを伝えるものだ。捨てられてしまう動物、流産、死産、生まれてすぐに亡くなってしまう命。どんな命にも意味がある。そのメッセージを朗読やミュージカルにして伝える。私はその中で自分の今までを振り返り、気づいた使命、伝えたいメッセージを5分ほどにまとめて話す。

原稿は全て自分で考えた。正直、講演自体が初めてなので何から伝えていけばいいのか悩んだが、小野さんに相談しながら書き上げた。どこまで話すべきか、どこまで話していいのか、来てくださった方にショックが大き過ぎてしまわないか、とても迷ったが、ここは何一つ隠す必要はないと思った。言葉を選びながらもきちんとお伝えすることによって、何か伝わるものがあるのではないかと思ったからだ。そして何度も原稿を書き直し、自分の伝えたいことをまとめ上げた。

この朗読ミュージカルは全部で四公演あった。一、二公演目は8月12日に東京で行われた。初めてのことでとても緊張した。原稿を読んでいると色々な想いが込み上げてきた。この19年間色々あったな。つらいことも数え切れないほどあったけど、それ以上に楽しいこと、嬉しいこともたくさんあったな。読んでいる時は涙をこらえていたけれど、読み終わったら緊張の糸が切れてしまったのか、涙が溢れてしまった。やりきった。大きな一歩を踏み出せた。来てくださった方の中にはXのフォロワーさんもいらっしゃった。中には花束をくださった方も。たくさんの方々から「良かったよ」「勇気を出してくれてありがとう」「生きていてくれてありがとう」といった声をかけていただけて、とても嬉しかった。始まる前までは不安なこともあったが、終わってみたらたくさんの拍手もいただけて「やって良かった」と心から思えた。

8月26日は神奈川で三、四公演目を行った。一、二公演目と同様に達成感を感じられた。

この四公演の中で変化したことがある。それは私が話す途中に「生きてて良かった」と言う部分があるのだが、一～三公演は泣きそうになりながら話していたが、四公演目は自然と笑顔で言えていたことだ。これは自分でも驚いている。なぜ最終的に笑顔で言えたのか、よくわからなかったが、考えてみると自殺未遂という経験の捉え方が変わったのかもしれない。決して良かったと言えるものではない。こんなことしなければ良かったと思うことも何度もある。でも、もうしてしまったことはど

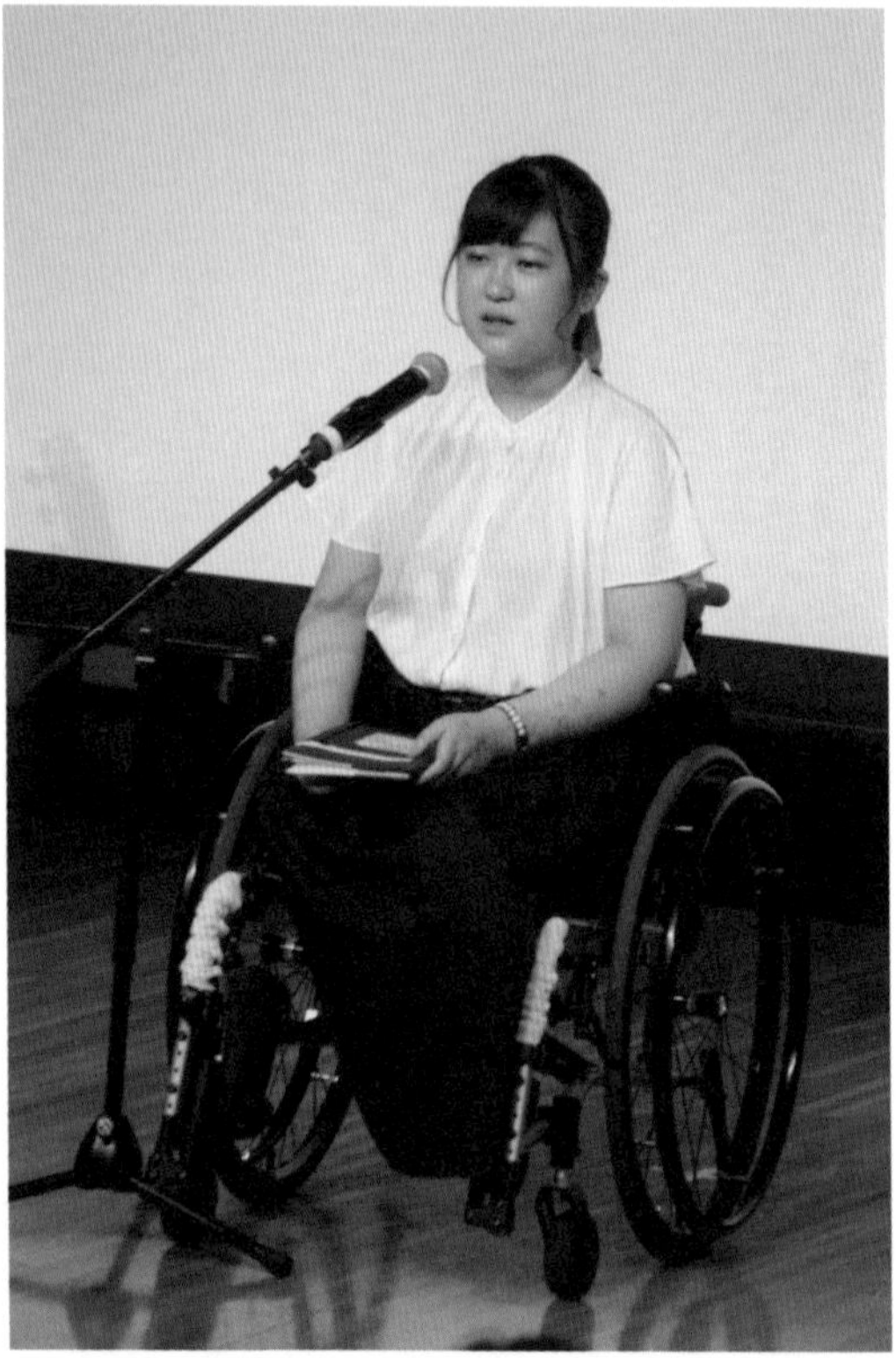

朗読ミュージカルで私が話してるときの 1 枚。
お客様の中には涙する方もいらっしゃった。

うにもできない。これからをどう生きていくかが大切なように感じられるようになった。これが大きな変化かもしれない。

遠いところわざわざ来てくださった方々にも、このような機会をくださった小野さんにもとても感謝している。

働くということ

私は両脚を切断してこの身体になってから、一度だけアルバイトをしたことがある。同級生のように働いて、自分で稼いだお金で家族を笑顔にしたかったからだ。でも、働くのはそう簡単なことではなかった。車椅子という時点で断られたり、採用されても褥瘡《じょくそう》があるため入院と隣り合わせの状態で、入院すると働き続けることができないからだ。障がいがあるだけで断られてしまう。それもどうかと思うが、これが現実。もう私は一生働くことができないのか。とても不安だった。

しかし、入院中に仲良くしてくださっていた方が、就労継続支援事業所というものがあることを教えてくれた。就労継続支援というのは、障がいや難病などの影響で一般就労が難しい方を対象とした障害福祉サービスのことだ。就労支援事業所には二種類あって、就労継続支援A型事業所と就労継続支援B型事業所がある。

A型は一般企業などで働くことは困難だが、雇用契約に基づいて働くことができる方が事業所と雇用契約を結んだうえで働くことができるサービスだ。

それに対してB型は雇用契約を結ばずに障がいや体調にあわせて自分のペースで利用できる。就労継続支援B型事業所、これが私の求めていた働き方なのではないか、今の私にはピッタリなのではないかと思った。今はお金をいくらいただけるかよりも絶対に体調管理が優先。そう思えるようになったのは入院して自分と向き合ってからだ。本当は「ふつう」に働きたい。そんな気持ちを抑えて、自分に合った事業所探しに入った。

アルバイト

先述のように、私はアルバイトをしたことがある。それは小児科のクリニックでの医療事務。主に受付やカルテの入力作業を行っていた。人生で初めてのアルバイト。初日はとても緊張していた。しかし、上司の笑顔に何度も救われ、少しずつではあるが仕事内容を覚えていった。

小児科のクリニックなので病気でつらいのは子どもたち。しかし、同じように心配で不安なのは親御さんだ。そんな時に医療従事者が暗い表情で接してしまったらもっと不安になってしまうだろう。まずは笑顔で対応できるようになろうと思った。仕事を覚えることもとても大切だが、患者様とそのご家族様を少しでも安心させることが同じように大切なことだと感じた。

しかし、仕事を覚えてきたと感じた頃、上司から厳しい指導があった。

「なんでそんなこともできないの。」

この言葉を忘れることはない。かなりのショックを受けた。たくさんメモをして、家に帰ってからも復習をして、わからないことはそのままにせずきちんと聞いて……。私なりに頑張っていた。でも、社会はそう甘くはなかった。一般雇用では「自分なりに」「自分のペースで」が通じないのだ。確かに周りと協力してやっていくこの世の中では「自分なり」などは通用しない。つらい経験とはなってしまったが社会勉強にもなった。

出会い

就労継続支援B型事業所に通所（通勤）することも挑戦してみたかったが、まずは体調優先。退院してすぐだったり、褥瘡《じょくそう》があるため、リモートでできる作業所を探していた。すると、たまたまみていたYouTubeで、就労継続支援B型事業所を開所する方の動画をみた。そのチャンネルはRESCUE HOUSEというもので「助かる命を助けるために」という理念のもと、あらゆる災害や緊急事態から自分の命と大切な人の命を守る消防防災チャンネルだ。

私がこのチャンネルを見るようになったのは、他のYouTuberの方がRESCUE HOUSEとコラボした動画を出しているのを見たのがきっかけだ。私自身、様々な状態の方に「もう少し生きてみようかな」と思っていただければ、何か心を救える人になれたら、そう思ってSNSで発信をしている。RESCUE HOUSEも先述のように「助かる命を助けるために」活動している。この共通点があることで私はRESCUE HOUSEに興味を持ち始めた。

自立

私は、自立とは、色々な人の意見を聞いて支え合いながらも、最終的に一歩踏み出す時は自分から進むという意味だと思う。私は自立したい、自立しなきゃと思っているが、自立とは何かきちんと考えたことがなかった。

ＳＮＳをやるようになって、一部の方から「少しは自立したらどうだ」「いつまで親に甘えているんだ」「仕事くらいしたらどうだ」といった意見をいただくことがある。この本を書くにあたって、自立についてきちんと考え直したいと思った。そして同じように自立について悩んでいる方のヒントに少しでもなればと思った。

自分でお金を稼ぐこと、一人暮らしをすること、それだけが自立なのだろうか？　確かにこの二つも立派な行動だが、私が思うには、先ほども書いたように、本当の自立とはアドバイスを受けて、それを踏まえたうえで自分の意志を強く持つことだと思う。今の私にどこまでできているかはわからない。でも、少しでも自立できるよう努力はしているつもりだ。

RESCUE HOUSE awajiに入所して

私がRESCUE HOUSE awajiに入所したのは2023年8月1日。入所してすぐの約一ヶ月は、主に観葉植物（パキラ）のモニタリング作業を行っていた。この作業がRESCUE HOUSE awajiでは基本となっている。それには理由がある。それは、スタッフ（職員）さんとメンバーさん（利用者さん）が観葉植物をきっかけにやり取りを行うことによって、信用・信頼関係ができるからだ。さらに、報告・連絡・相談が習慣化することも大切だという。園芸療法といって植物を育てることによって自己肯定感を高めることもひとつのねらいだ。

9月からは観葉植物のモニタリング作業と並行してパラコードブレスレットの作成を、10月からは「想いを届けるプロジェクト」として、クリスマスカードを作成してある施設にお送りするプロジェクトに参加している。

パラコードというのはパラシュートコードの略称で、3・5mm径のコードだが耐荷重250kgと非常に頑丈なコードのことだ。このコードを様々な編み方をしてブレスレットにしている。アウトドアシーンだけではなく災害時にも役立つ優れもので、ブレスレットの状態からほどいて使用する。怪我による出血時にはハンカチなどの清潔な布を当て、ほどいたコードを強めに巻くことで止血ができる。骨折時には添え木になるものを当て、ほどいたコードを巻いて固定することもできる。ほどいたコードの両端を固定したら物干しにもなるし、そこに布をかければ目隠しになる。防災バッグの中に2〜3個入れておくと、いざという時に便利だ。2023年10月現在、RESCUE HOUSE awajiが作っているのはブレスレットなので、普段から身につけていても良い。

クリスマスカードは約80枚作る。同じメンバーさん（利用者さん）やスタッフさん（職員）たちと協力して作り上げる。ひとつひとつ丁寧に、心を込めて作る。一見大変そうに思われるかもしれないが、私は作ることが楽しかった。

パラコードブレスレット作り、クリスマスカード作り、この二つの作業を通して私は物を作ることが好き、得意なのだと強く感じた。確かに誰かのために行動することは小学生の頃から好きだった。この好きなこと、得意なことを活かして作業させてくださるRESCUE HOUSE awajiにはとても感謝している。

就労継続支援B型事業所へ入所してからの変化

私がRESCUE HOUSE awajiに入所してから変化した部分はいくつかある。まず一つ目が自分を大切にできるようになったことだ。今までの自分だったら自分の体調は無視して無理をしてしまうことが多かった。しかし、毎朝スタッフさんから「体調はどうですか？」というメッセージが届くので、一度立ち止まって自分の体調を確認し、自分でセーブできるようになった。二つ目は、自分の気持ちを誰かに伝えること、つらいときに助けを求めることができるようになったことだ。私は自分の気持ちを押し殺して無理をしてしまい、一人でどん底まで落ちてしまうことが多かった。

相手の機嫌をうかがう癖があったり、自分の気持ちを伝える＝わがままなのではないかと思ったり、自分のネガティブな発言で相手までつらくなってしまうのではないかと思ったり、自分の気持ちを伝えることが苦手だった。しかし、RESCUE HOUSE awajiでは私のちょっとした変化に気づいてくださり、少しでもつらそうに見えるとすぐに「どうしたの？」「何かあった？」といった声かけをしてくださる。

そのおかげで「つらい時には助けを求めていいのだ」と思うことができるようになった。初めは自分の気持ちを押し殺していたが、相手に聞かれたら気持ちを言えるようになり、今では自分から「話を聞いてほしい」と言って助けを求められるようにまでなった。リハビリのように段階を追ってできるようになったのだ。

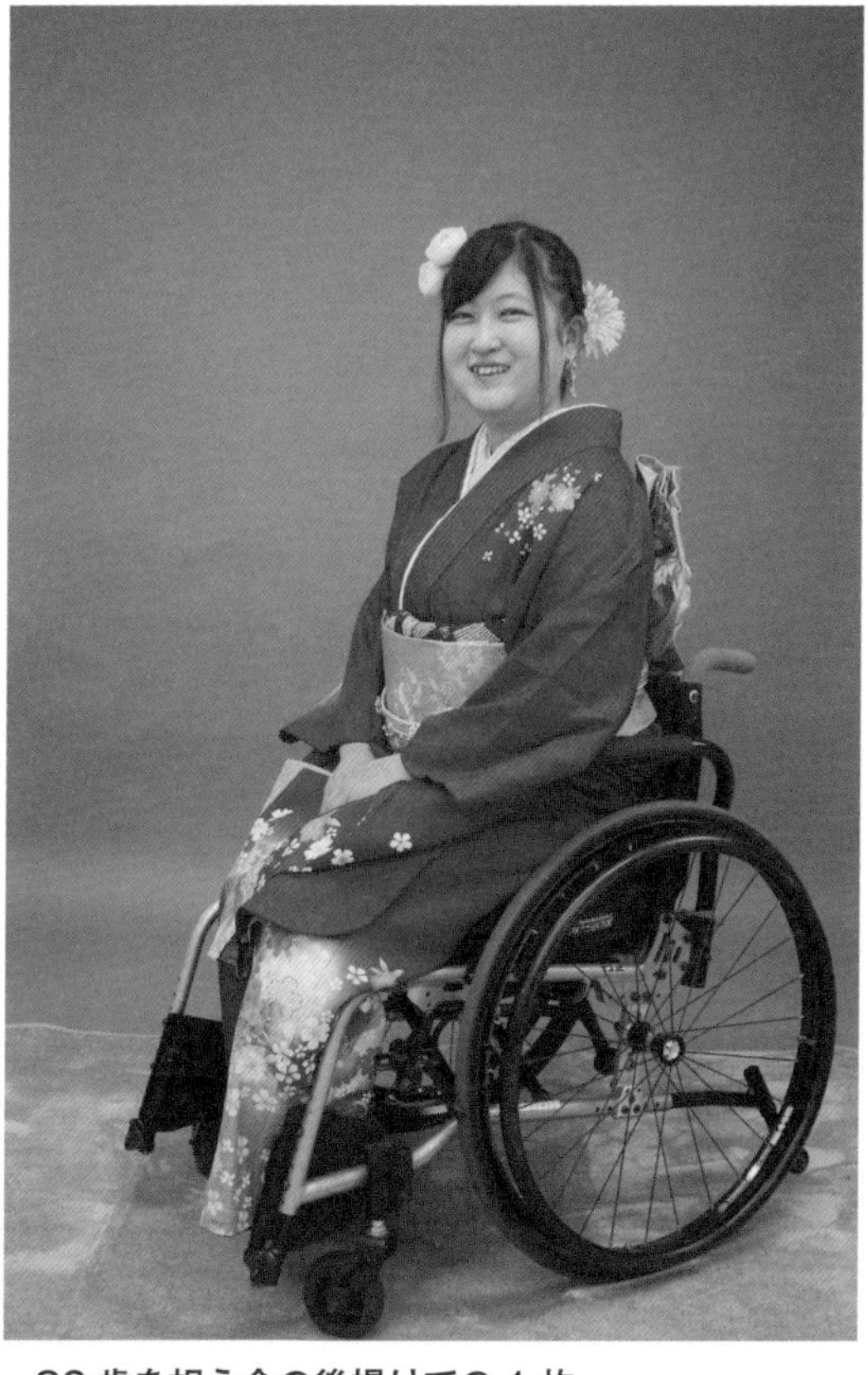

20 歳を祝う会の後撮りでの 1 枚。
X（旧 Twitter）で繋がった方のご協力のもと一度は諦めかけた振り袖を、身体への負担も少なく終始楽しく撮影できました

第8章

SNSと私

SNSを始めたきっかけ

私はうつ病を経験し、自殺未遂をしてしまい、障がいを負ったことで、看護師になるという夢を失った。それからしばらくは将来のことなど考えられなかった。それだけ本気で看護師になりたかったのだ。看護師になれなくなってからも、何か医療関係でできることはないのか考えていたが、「これだ!」というものがなかった。色々考えて、入退院を繰り返しているうちに、医療従事者になることはできないと思った。急に、しかも長期間お休みをいただくことになったら、周りに迷惑をかけてしまうからだ。

それでも、誰かの力になりたかった。支えになりたかった。そんな思いでSNSを始めた。自殺未遂をしてしまったこと、うつ病、両脚の切断を、SNSを始めてから少し経った時に伝え、ありのままの私をX（旧Twitter）にぶつけていた。まずは精神疾患持ちの、身体障がい者の現実を知ってほしかった。

気持ちや体調の波がすごくあること、車椅子だと物理的にも精神的にも生活が大変なことなど、当事者が発信していかないとわからないことがあるため、とにかく思ったことをつぶやいていた。

先ほどの「生活が物理的に大変」というのは段差やエレベーターといったバリアフリーの面で、「精神的に大変」というのは障がいを受け入れられないけど受け入れなければならない葛藤、入院生活のストレスなどのことだ。さらに、その現実を知った上で、障がいがあっても皆さんと同じように幸せなことも、私の文章で上手く伝わっているかわからないが、知ってほしかった。これがSNSを始めたきっかけだ。

ＳＮＳとの付き合い方

私の場合は自殺未遂をしてしまったという事実があるから仕方のないことかもしれないが、ＳＮＳをやっていると、必ずどんな方にも誹謗中傷が来る。ＳＮＳ上での誹謗中傷が原因で、被害を受けた方が命を絶ってしまう場合もあり、近年社会問題になっている。

これは世界的な問題といってもいいのではないか。著名人の場合は大きく報道されるが、一般の人々の中にも、誹謗中傷によって心が苦しくなり、自傷行為や自殺未遂をしてしまった方もいるかもしれない。もしかしたら、実際に命を落としてしまった方もいるかもしれない。

私自身、良い気持ちのしないことを言われて気持ちが落ちることがある。あまりにもつらくて、泣いてしまったり、自分を傷つけようとしたこともある。でも、そこまでしてSNSをやる意味はあるのだろうか。誹謗中傷に対する厳罰化の動きも抑止力になりつつあるかもしれないが、いつどこから飛んでくるかもわからない、見えない相手からの攻撃を完全に防ぎ切る手段などないのが現状だ。

自分の様々な発信で誰かの希望になりたい。誰かの支えになりたい。そう思って一生懸命SNSを頑張るのも、生活に張りが出て自分が楽しいと思えるのであれば良いのかもしれない。しかし、自分を犠牲にしてまでやるのは、なんだか違うような気がする。

そこで、私が大切にしているのは自分の気持ちだ。自分が「やりたい」と思ってでき、やったら「楽しい」と思える余裕がある時にだけ、私はSNSをやるようにしている。逆に、SNSを「やらなきゃ」と思ってやり、やったら自分のことが嫌になったり、自分を傷つけたくなったり、気分が落ちこんでしまうような時は、アプリすら開かないようにしている。そうすることで自分を守ることができる。

特に誰かのために何か行動する時には、まずは自分を大切にすることが必要だと私は思う。自分がしっかりしていないと心が揺れて、本当に伝えたいことが伝わらなくなってしまうといけないからだ。これらはあくまでも私の考えに過ぎないが、頭の片隅に入れておき、皆さんも自分を守る行動をしていただけると私は嬉しい。

第9章

もしもの話と命について

自殺をしていなかったら

もし私がうつ病になっていなくて、自殺をしていなかったら、どんな人生になっていただろうか。まずはどうやったら自殺を防げただろう。考えてみると、色々な改善点があったように思う。

一つ目は、うつ病の理解を深めることができていたら防げたのかもしれないと思う。もっと自分の病状を言語化して学校の先生にお伝えできていたら、先生も対応を考え直すことができたのではないだろうか。

二つ目は、もっと何も考えないで休める時間をつくっていたら防げたのではないかと思う。私は留年がこわくて焦ってしまっていた。その結果、うつ病の状態が軽くなる前に無理して学校に行って、自殺未遂となってしまった。うつ病の理解を得て、休んで良い環境になっていたら、私も安心できたのかもしれない。

三つ目は、やはりコミュニケーションだ。もっとつらい気持ちを信頼できる人に伝えていたら良かった。もっと自分を表現していたら良かった。逆に周りの人たちも私との会話から異変に気づけていたら、防ぐことができたのかもしれない。コミュニケーションから得られる情報はたくさんあると思う。表情、口調、話す内容……。それらをよく見ていたら、何か少しでも早く異変に気づけたのではないだろうか。

もしこのようにして防げていたら、私は将来、看護師になっていたと思う。自分の脚で歩いて、みんなと勉強して、アルバイトもやって……。今とは違った、充実した毎日だったかもしれない。でも今のような講演や本の出版といった活動とは無縁だったにちがいない。

もっと重度な障がいを負っていたら

もし私が自殺未遂をして、今よりも大変な障がいを負っていたら、寝たきりになっていたかもしれない。そうすると、今のように一人で外出もできず、ご飯もお風呂も介助なしではできなかったかもしれない。

確かに私は自殺未遂をして、障がいを負ってしまった。看護師になるという夢を諦めなければならなかった。悔しい。悲しい。でも、私はある程度は一人で身の回りのことができる。不便はあっても一人で出かけられる。趣味だって楽しめる。だから、私は幸せだ。

命とは、生きるとは

　私にとって命とは、親から与えられた、代わりのない、かけがえのないものだと思う。そして、生きるとは、周りの支えがあってこそできることで、ひとりではできないことだと思う。

　一度自殺未遂をして、助けてもらって、入院生活を過ごす中でよく考えさせられた。これは、あくまでも私の考えに過ぎない。ひとりひとり考え方が違って良い。ひとつの考えとしてとらえていただきたい。

さいごに

まずは最後まで読んでいただいてありがとうございます。何か得るものはあったでしょうか。

私は現在も治るかわからないうつ病と闘っています。そう簡単な闘いではありません。自傷行為を我慢して、一日の中でも変化する気分の波を必死に乗り越えて、何に対してもやる気にならず、ただぼーっとして一日が終わってしまい悲しくなる日もあります。さらに、痛みが全くない状態にはならない幻肢痛とも常に闘っているのです。薬が手放せない毎日です。私も日々生きるのに精一杯です。

気分が沈んだ時の何よりの薬は、人の優しさです。家族の支えだったり、Xのフォロワーさんたちからいただくメッセージだったり。こんなに支えてくださる方がたくさんいて、私は幸せ者です。

また、この本を書いている10ヶ月にも満たない期間にも変化したことがあります。ここで大きく変化したことをひとつ書かせていただきます。それは念願だった就職ができたことです。ここまで長かったです。そう簡単なことではなかったです。私は二つのステップを踏んでここまで来ることができました。まずは就労継続支援B型事業所であるRESCUE HOUSE awajiの利用者として、リモートで働かせていただきました。次に、就労継続支援B型事業所の通所（通勤）できるところを探して、また利用者として働かせていただきました。そしてよっぽどのことがない限り休まなくても大丈夫になったところで、就職となりました。

就労継続支援B型事業所を利用している間に、何社も履歴書を出して、面接を受けました。やはり車椅子というだけで断られることもありました。書類選考で落ちてしまうこともありました。それでも私は諦めたくありませんでした。ここまで心も体も調子が良い状態が続いているから働きたかったのです。そこで諦めなかった結果、2024年2月27日に採用が決まり、3月1日から働かせていただくことになりました。とても嬉しかったです。やっとここまで来ることができました。正直、将来が不安で仕方がなかったです。他にも不安なことはありますが、不安なことのひとつが解決したようでホッとしました。でもこれでゴールではないです。ここからがスタートです。私はこれからも前に進み続けます。

最後に、今この本を持っているあなたへ。あなたが生きていてくれて
ありがとうございます。あなたがいらっしゃるから私がいます。

約束の大地 想いも言葉も持っている

ご覧の通り 何もできない私ですが
ぼんやりと生きてきた
わけではありません。ずっと私は
人間とは何なのか
ということを
考えてきました。

両足切断

令和 6 年 5 月 27 日　初版発行

著　者　　saki
発行人　　蟹江幹彦
発行所　　株式会社　青林堂
　　　　　〒 150-0002　東京都渋谷区渋谷 3-7-6
　　　　　電話　03-5468-7769
装　幀　　（有）アニー
印刷所　　中央精版印刷株式会社

Printed in Japan

ISBN　978-4-7926-0762-3